冰菓

米澤穗信 冰菓

HANA 譯

目錄

出版緣起

駭High，在推理的迷宮中

編輯部

推理小說到底有什麼魅惑之力，能夠讓世界上無數的熱愛者爲之痴狂？是鬥智、解謎的樂趣？是抽絲剝繭，終於揭露眞相時豁然開朗的暢快？是驚嘆於陽光之外人性潛伏的深沉危機與社會百態的詭譎複雜？還是感佩於作家布局的巧思或高超的說故事功力？

好的小說只有一個評斷標準——好不好看（用文言一點的說法是「引人入勝」）。有的小說好看得讓人不忍釋卷，廢寢忘食，非一口氣讀完不可；有的則是讓人捨不得立刻讀完，寧可一個字一個字細細地咀嚼品味。

好的推理小說更是如此。

在臺灣，歐美推理和日本推理各擅勝場，各有忠實的讀者群。推理小說是日本大眾文學的兩大顯學之一，也可說是日本大眾文學極致發展最具代表性的成熟類型閱讀，不但各大出版社都闢有「Mystery」系列，培養出眾多匠心獨運、各領風騷，甚或年年高踞納稅排行榜前茅的大師級作者，如松本清張、橫溝正史，赤川次郎、西村京太郎、宮部美幸、東野圭吾、小野不由美等，創作出各種雄奇偉壯、趣味橫生、令人戰慄驚歎、拍案叫絕、甚或影響深遠的傑作；同時也一代又一代地開發出無數緊緊追隨、不離不棄的忠實讀者。而臺灣，在日本知名動漫畫、電視劇及電影的推波助瀾下，也有愈來愈多人愛上日本推理小說的明快節奏與豐富的情報功能，閱讀日本小說的熱潮儼然成形。

二〇〇四年伊始，商周出版（獨步文化前身）推出「日本推理名家傑作選」系列以饗讀者，不但引介的作家、選入的作品均爲一時精粹，更堅持以超強的譯者及顧問群陣容，給您最精確流暢、最完整的中文譯本與名家導讀，眞正享受閱讀推理小說的無上樂趣。

如果，您是個不折不扣的推理迷，歡迎進入更豐富多元的日本推理迷宮；如果，您還是推理世界的新手讀者，正好奇地窺伺門內的廣袤世界，就讓「日本推理名家傑作選」引領您推開推理迷宮的大門，一探究竟。從一根毛髮、一個手上的繭、一張紙片，去掀開一個角，去探尋、挖掘、對照、破解，進到一個挑逗您神經與腎上腺素的玄奇瑰麗世界！

一

來自貝拿勒斯的信

折木奉太郎：

寒暄省略。

我目前在貝拿勒斯（註）。日本人大多是這麼稱呼它吧，但感覺舊名「瓦拉納西」的發音似乎更接近當地方言。

奉太郎，這個城市很神奇哦，簡直是個葬禮之都，因爲這裡不停地舉辦葬禮，好像只要死在這裡就進得了天國，有沒有搞錯啊？喔，聽說是能脫離輪迴，如成仙一般。在中國得經過長年修行才能超脫，不過在這裡只要死了就成。

這麼說來，中國人還眞可憐。

雖然是遲來的祝賀，恭喜你考上高中。原來你要讀的是神山啊，眞沒創意，不過也罷，總之恭喜你啦。

我這姊姊要給順利考上高中的你一個建議。

加入古籍研究社吧。

古籍研究社在神高是深具傳統的學藝類社團，而且，我不清楚你知不知道，它也是我待過的社團。

據說我們這個深具傳統的古籍研究社已經連續三年沒招到新進社員，現在社員人數掛零，如果今年還是沒人加入就等同廢社了。我身爲古籍研究社的前社員，當然不樂見這種狀況。

可是只要四月結束前招到新進社員就沒問題了。奉太郎，去保護姊姊青春的舞臺吧！去加入古籍研究社。即使只是掛名也沒關係。

而且那也不是多糟糕的社團，在古籍研究社裡度過的秋天眞的很棒哦。

反正你也沒有其他打算吧？

到了新德里，我再打電話回去。

折木供惠　筆

註：貝拿勒斯（Benares），位於印度中北部的印度教聖城，舊名瓦拉納西（Varanasi）。

二

深具傳統的古籍研究社之重生

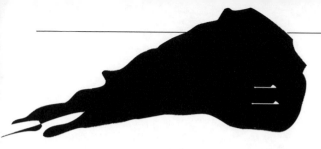

說到高中生活就會想到玫瑰色，講到玫瑰色就是高中生活，這兩個詞幾乎可劃上等號，我想這組對應釋義被記載在《廣辭苑》（註一）上的那一天應該不遠了，雖然在西元兩千年的今日還沒動靜就是。

但是，這並不代表所有高中生都期待著玫瑰色的生活。好比說，有些人對課業、運動、戀愛等等全都興趣缺缺，只喜歡灰色的生活，這種人就我所見也不少，卻是相當寂寥的人生觀。

夕陽西下時，我在教室裡對老朋友福部里志說起這些事，里志聽了，臉上依舊掛著他一貫的微笑。

「就是說啊，但我怎麼不知道你有這種自虐傾向。」

這話還眞令人不悅。

我抗議道：「你說我是灰色的？」

「我也不知道該不該這樣說……，可是課業啦，運動啦，還有什麼來著？……戀愛嗎？我不認爲你對這些東西有多積極。」

「我也沒有很消極啊。」

「說的也是。」里志的笑意更深了。「你只是在『節能』，是吧？」

我悶哼一聲表示同意。知道就好，我也不是眞的排斥積極，只是覺得那既麻煩又浪費時間精力，所以對那些事不太感興趣。珍惜地球資源的「節能」正是我的行事準則，以標語方式來表現就是——

「沒必要的事不做，必要的事盡快做。」

我發表這句個人信條時，里志總是不置可否地聳聳肩說：

「節能也好，厭世也罷，還不都一樣？你知道什麼是工具主義（註二）嗎？」

「不知道。」

「簡單說，你對什麼都興趣缺缺，進入神山高中這個社團活動多采多姿的寶殿卻不參加社團，單就結果來看，確實是灰色的。」

我打了個小小的呵欠。

「照你這樣以結果論，『殺人』和『業務過失致死』不就沒兩樣了？」

聽到我的提問，里志毫不遲疑地回答：

「從某個角度來看的確如此，反正結果一樣是死。除非因別人業務過失而死的死者升天時，心裡很清楚地認定『喔……，我會死是因爲某人的業務過失啊』，那又另當別論。」

註一：日本最普遍的辭典。

註二：工具主義（Instrumentalism），杜威（John Dewey, 1859-1952）的學說，認爲思想和理論是支配環境的工具，主張有用性決定眞理的價值。

「……」

這傢伙真是好辯。我重新打量眼前這個男生——福部里志，他是我的老朋友、好對手，也是敵人。里志在男生當中算是矮的，升上高中後體形依舊嬌小，遠遠望去還會被人誤認是女生，但他的內在卻一點也不嬌小。我很難解釋他的特別之處，總之這傢伙就是與眾不同，好比他的眼睛和嘴角一向帶著笑意，總是提著一只束口袋，特別是能言善辯這一點，幾乎已經成了他的註冊商標。他參加的社團是手工藝社，至於加入原因我就不清楚了。

和這傢伙辯論只是在浪費時間。我甩甩手表示想結束話題。

「隨便啦，你早點回家吧。」

「也對，今天不太想去社團……，還是回家吧。」里志正要起身，突然詫異地望著我。「你會叫我回家？真稀奇呢。」

「哪裡稀奇？」

「依你的習性，應該自個兒先走了才對啊？哪會留到現在叫我回家。你又沒參加社團，莫非放學後還有事？」

「是啊。」

我皺著眉頭，默默地從制服右口袋拿出一張宣紙。里志一看，登時睜大了眼。這形容一點都不誇張，雖然沒什麼好驚訝的，里志卻真的瞪大了眼。他偶爾會冒出很誇張的反應，這也是他挺出名的一項特點。

「這是……。怎麼可能!?」

「里志，你眞沒禮貌。」

「天啊！這不是入社申請書嗎？嚇死我了！你到底是哪根筋不對勁？竟然會想參加社團活動！」

這確實是入社申請書。里志看到「申請參加之社團」一欄便皺起眉頭。

「古籍研究社……？」

「你聽過啊？」

「當然。可是你爲什麼挑古籍研究社？難道你突然對國學開竅了？」

這下該怎麼解釋才好呢？我下意識地抓抓頭，又從左側口袋拿出另一張紙。那是一張信紙，上頭寫著與書寫者本性截然不同的娟秀字體。我把信紙交給里志。

「你看就知道了。」

里志依言接過信紙看完，不出我所料地笑出聲來。

「哈哈！奉太郎，很傷腦筋吧？原來是姊姊的要求，難怪你拒絕不了。」

瞧他樂成那副德性。相反地，我卻是愁容滿面。今天早上收到這封從印度寄來的國際郵件，逼得我不得不稍微修改一下自己的作風。老是這樣，折木供惠的信總是讓我的生活變調。

奉太郎，去保護姊姊青春的舞臺吧！去加入古籍研究社。

今早我一拆開信封，看完這封簡短的信，就被這自私任性的內容嚇得傻眼。我並沒有義務保護姊姊的回憶，可是……

「你姊姊的專長是什麼啊？柔道？」

「是合氣道和擒拿術，只要她決定下重手，絕對能讓人痛不欲生。」

沒錯，我那個光是跑遍日本還嫌不過癮、進而跨足全球的姊姊，是個文武雙全的超級大學生，一旦惹毛了她可是會吃不完兜著走的。

當然我也可以堅守自己所剩不多的原則拒絕她，不過我的確沒理由不幫她這個忙，姊姊那句「反正你也沒有其他打算」精準地戳中要害。而且，我也覺得「回家社」的社員和只掛名不出現的幽靈社員沒兩樣，所以彷彿是自己做出決定似地，我不帶一絲猶豫地說：

「我今天早上交出申請書了。」

「眞搞不懂你。」

里志又看了看姊姊的信。

我嘆了口氣。「雖然說也沒什麼好處啦。」

「……不，我倒不這麼想。」里志抬起視線，語氣異常開朗。他拿起信紙輕拍掌心，「古籍研究社沒有社員，這麼一來你就能獨占古籍研究社的社辦啦。不錯嘛，在校園裡得到了一個私人空間。」

私人空間？

「……你的觀點還眞特別。」

「你不想要嗎？」

這是什麼奇怪的論調？簡言之，里志的意思是我可以在校內玩祕密基地遊戲？我完全沒想到這點。私人空間啊……。我是不至於渴望到要極力爭取，但如果是附帶贈送，收下也無妨。我抽回里志手上的信紙。

「嗯，聽起來不錯，就去社辦看看好了。」

「這樣很好，先做再說吧。」

先做再說？沒有比這句更不適合我的話了。我苦笑地想著，一邊拎起我的斜背包。

看來，我對自己的信條也只有這麼點忠誠度。

敞開的窗外傳來不知是田徑社還是什麼社的吆喝聲。

「……一、二！一、二！一、二……」

這耗費大量能量的生活態度令我肅然起敬。常有人誤會我，其實我並不覺得節能優於一切，所以從不認爲那些很有活力的人是傻子。我聽著他們的聲音，一邊走向古籍研究社社辦。

爬上三樓，在鋪磁磚的走廊上前進。工友正搬著大型人字梯經過，我向他打聽，得知古籍研究社社辦位在專科大樓四樓，已挪爲地科教室之用。

神山高中無論從學生人數或是建地面積來看都不算大。學生總數應該不到千人，勉強算是這一帶的升學學校，卻看不出校方對升學傾注什麼心力，嗯，反正就是所普通的高中，不過相較於學生人數的偏少，獨特的社團卻特別多（譬如水墨畫社、人聲音樂社，還有古籍研究社等等），每年文化祭的盛況在這一帶非常有名，除此之外別無特色。

至於空間規畫，校區裡共有三棟大型建築，包括普通教室所在的普通大樓、專科教室所在的專科大樓，以及體育館，這些都很普通，其他就是武術道場和體育器材室之類的，同樣不值一提。古籍研究社社辦所在的專科大樓四樓可說是位在神高最偏僻的地帶。

光要前往社辦就很消耗能量啊。——我邊想邊穿過連接兩棟大樓的通道，爬上四樓，很快便找到了地科教室。我立刻一拉橫向滑門，門扉文風不動，這也是理所當然的，專科教室沒人使用時通常是上鎖的。我拿出爲避免白跑一趟而借來的鑰匙，插進鑰匙孔一轉。

鎖開了，我拉開門扉。空無一人的教室，透過面西的窗戶看得見夕陽。

空無一人？不，我錯了。

暮色籠罩的地科教室——也就是古籍研究社社辦裡，已經有人在。

那人站在窗邊看著我，是個女生。

本來我一直無法拿捏「纖弱」、「清純可人」等詞彙的具體形象爲何，但此刻我發覺，這些詞彙完全可以用來形容這個女生。她黑髮披肩，很適合穿水手服，在女生之中算滿高的，說不定比里志還高。她既是女生又是高中生，當然該稱之爲女高中生，但是她那薄脣和細膩的氣質讓我很想用「女學生」這種古典的頭銜來稱呼。她還有一雙不符合整體形象的大眼睛，只有這部分稱不上清純，給人相當活潑的印象。

我不認識這個女生。

她卻看著我，臉上泛起微笑。

「你好，折木同學。你也是古籍研究社的嗎？」

「……妳是誰？」

我直截了當地問。我確實不喜交際，但也不至於對人冷漠到忘掉認識的人的長相。我並不認識這個女生，她怎麼會認識我？

「你不記得嗎？我是千反田啊，千反田愛瑠。」

千反田愛瑠？即使她報上姓名，我還是沒印象。千反田是個少見的姓，愛瑠更是少見的名字，照理說我不可能忘記這種姓名。

我再仔細看向這名自稱千反田愛瑠的女學生，確定我真的不認識她，然後才說：

「抱歉，我完全想不起來。」

她微笑依舊，偏起了頭說：

「你是折木同學對吧？一年B班的折木奉太郎？」

我點頭。

「我是一年A班的。」

千反田說完隨即沉默了下來，彷彿在說「這樣你應該知道了吧」。……難道我的記性眞的那麼差？

等等，不對啊。我是B班，她是A班，沒道理要互相認識。

如果只是同年級不同班，在學校裡很少有機會往來，會彼此接觸都是因爲社團活動、學生會活動，或是朋友介紹，但這些都與我毫無交集。還有可能是在校內活動中見到過，不過入學之後的校內活動只有開學典禮，我也不記得開學典禮時曾向誰自我介紹過。

不，不止這些，我想起來了，上課時也有機會和其他班級往來。爲了有效使用學校硬體設備，有時會數個班級合併上課，譬如體育或藝術選修課。我讀國中時還有工藝課，不過標榜升學學校的神山高中沒有這個科目。至於體育課則是男女分開上，所以……

「難道我們一起上過音樂課？」

「是啊，你終於想起來了！」

千反田重重地點頭。

明明是自己猜到的，我卻不禁愣住了。為了我微薄的名譽，得把話說在前頭——從入學以來我只上過一次藝術選修課，怎麼可能記得同學的長相和名字啊！話雖如此，千反田這個女學生卻辦到了，證明這並非不可能的事……。這麼說來，她的觀察力和記憶力也太驚人了。

不過，世上本來就有所謂的偶然。譬如看同一份報紙，能記得多少內容也是因人而異呀。想到這，我重振起精神，開口問道：

「妳在地科教室裡做什麼呢？千反田同學。」

她立刻回答：

「我想加入古籍研究社，所以先來探一下。」

她說要加入古籍研究社，那就是新社員了。

希望大家能明白我此刻的心情——如果這個女學生加入古籍研究社，就代表我無法擁有私人空間，姊姊的護社願望也達成了，這樣一來我便沒有任何非加入古籍研究社不可的理由。我暗自嘆息：跑這一趟完全白費了。不過，大概是出於不想白跑的心態，我問她：

「妳幹嘛加入古籍研究社啊？」

我的言下之意是「這種社團不值得加入」，但她絲毫沒察覺到我話中有話。

「嗯，我是因爲個人因素。」

竟然不正面答覆。千反田愛瑠這個人說不定意外地狡猾。

「那折木同學你呢？」

「我？」

這下傷腦筋了，該怎麼解釋？就算回答我是受人指使，她也無法理解吧，何況又沒必要讓她理解。就在我猶豫著該怎麼回答時……

門突然打開，吼聲竄了進來。

「你們在這裡幹什麼!?」

我轉頭一看，開門的是一位男老師，應該是在進行放學後的例行巡邏。他體格壯碩，皮膚黝黑，似乎是體育老師。老師手中沒拿竹刀，但我覺得如果有機會，他一定很想拿。已過盛年的他，外表散發出一股威嚴。

這突如其來的怒吼嚇得千反田縮起身子，不過她很快恢復鎮定的微笑，問候道：

「森下老師好。」

千反田這敬禮的動作無論速度和角度都無懈可擊，但這合禮儀卻不合場面的態度讓我更緊張了。這招先聲奪人使得那位森下老師先是一愣，又立即吼道：

「我還在想門鎖怎麼會是開著的，原來是你們擅自跑進來！報出你們的班級和姓名！」

……嘖，說什麼「擅自」。

「我是一年B班的折木奉太郎。老師，這裡是古籍研究社社辦，古籍研究社的社員不能在這裡進行社團活動嗎？」

「古籍研究社？」老師顯然相當疑惑，「古籍研究社不是廢社了嗎？」

「至少今天早上還沒廢社，要不然您可以找敝社的顧問老師——」

「是大出老師。」

「是的，找大出老師問問看就知道了。」

有力的幫腔，有力的說明。森下老師的音量瞬間轉弱。

「喔喔，這樣啊。那你們好好地玩社團吧。」

「我們今天都是第一次來呢。」

「嗯，走的時候記得交還鑰匙。」

「好的。」

森下老師又瞅著我們好一陣子，這才粗魯地關上門，「碰」的巨響再次令千反田縮起身子。她緩緩開口：

「嗓門還眞……」

「嗯？」

「嗓門還眞大呀，這位老師。」

我笑了。

好啦。

現在也沒事做了。

「好，探也探過了，該回家了。」

「咦？不進行社團活動嗎？」

「我要回家了。」

我揹好沒裝多少東西的斜背包，轉身背對千反田。

「教室門就麻煩妳鎖了，不然又像剛剛那樣被罵可不好玩。」

「咦？」

我走出地科教室──

不，我還沒走出教室門，千反田就尖著嗓子叫住了我。

「請等一下！」

我回頭一看，只見千反田神情訝異，彷彿我說的是什麼奇怪事情。

「我沒辦法鎖門呀。」

「為什麼？」

「我沒有鑰匙。」

喔，也對，鑰匙還在我身上。外借的鑰匙不可能有好幾副。我從口袋拿出鑰匙，勾在指尖上。

「對喔……。抱歉，千反田同學，那就交給妳了。」

但千反田沒有回答，只管凝視著掛在我指尖搖晃的鑰匙，一臉納悶。

「為什麼你有鑰匙？」

這是什麼白痴問題？

「沒鑰匙怎麼進得了上鎖的教室……。咦？等等……，千反田同學，妳是怎麼進來的？」

「我來的時候門沒鎖。我以為教室裡有人，所以沒去借鑰匙。」

說的也是。要不是因為收到身為畢業校友的姊姊寄來的信，我也無從得知古籍研究社沒有社員。

「是嗎？可是我來的時候門是鎖上的。」

我不經意說出這句話，沒想到這下可不得了，千反田的眼神頓時變得銳利，而且不知是不是我多心，她好像連瞳孔都放大了。千反田不顧我的驚愕，緩緩地問道：

「折木同學，你說『鎖上』，是指你打算進來時，這扇門是上了鎖的？」

我點點頭，心中卻疑惑於眼前這位清純女學生的轉變。千反田不知是有心或無意地往前踏了一步，說道：

「這麼說來，我被人反鎖在裡面了。」

棒球社社員揮棒擊中球的清脆聲響在此處也清晰可聞。我沒必要繼續待在這間教室，不過千反田好像很想聊一聊。我輕嘆一口氣，決定妥協，提著斜背包坐到身旁的桌子上。

千反田說自己被人反鎖。眞有其事嗎？我想了一下——鑰匙在我身上，千反田在教室裡，我也不記得我曾經拿鑰匙鎖過這道門，看來答案呼之欲出。

「是妳自己從門內側上了鎖吧？」

千反田搖搖頭，明確地否認了。

「我沒有上鎖。」

「可是鑰匙此刻就擺在我們眼前，沒有其他人能上鎖啊。」

「……」

「算了，會忘記自己做過什麼也是常有的事啦。」

但是千反田沒有回應我的猜測，只是突然舉起手指著我身後說：

「那是你朋友嗎？」

我回過頭，發現微微開啓的門縫間，黑色制服若隱若現，霎時那人和我四目交會，我認出那雙經常帶著笑意的棕色眼睛，立刻大喊：

「里志！你太差勁了，竟然偷聽！」

門扉拉開，不出我所料，來者正是福部里志。他一點也不心虛，厚著臉皮說：

「哎呀，抱歉，我不是故意要偷聽的。」

「即使你不是故意的，從結果來看都一樣。」

「別這麼說嘛，見到心如鐵石的奉太郎在黃昏的專科教室裡和女生獨處，換作別人也不敢闖進來啊。我可不想被馬踢（註）哦。」

他到底想說什麼？

「你不是早就回家去了嗎？」

「我本來是打算回家去，但是我在樓下抬頭看到你和女生在這間教室裡，突然

註：日本諺語：「妨礙別人談戀愛會被馬踢。」

想起我什麼都幹過，就是沒當過偷窺狂……」

我只當充耳不聞，視線從里志身上移開。這是里志式的玩笑，不過他的口氣太過自然，不了解他的人經常會把他的玩笑當眞。

看來千反田就是其中之一。

「呃、呃，我……」

她一反先前的冷靜態度，慌張到甚至有些滑稽。沒想到她的反應會這麼直接，那戰戰兢兢不知該說什麼的愕然模樣，就像傾注全力表現出「我現在很驚慌失措」似的，從旁看來是很有趣，但我實在無法袖手旁觀。

所幸要戳破里志的玩笑很簡單，只要問一句話就行了。

「你是認眞的嗎？」

「怎麼可能？當然是開玩笑的嘛。」

我看得出千反田鬆了一口氣。里志的個人信條正是：「即興才是說笑，會留下禍根就是說謊。」

「……折木同學，這位是？」

或許是剛聽到讓人害怕的玩笑的關係，千反田的語氣略顯戒備。

要介紹里志無須多說，我簡短地回答：

「這傢伙啊，他叫福部里志，是個冒牌雅士。」

「冒牌？」里志聽到這貼切至極的介紹也很開心。「哈哈，奉太郎，介紹得好。妳好，初次見面，妳是……？」

「我叫千反田。千反田愛瑠。」

里志對千反田這名字起了奇特的反應，只見他張口結舌，我還是頭一次看見開口就像連珠砲的里志會說不出話。

「千、千反田？妳說的千反田是那個千反田嗎？」

「唔……，我不知道你指的是哪個千反田，不過聽說在神山，姓千反田的都是我們家的親戚。」

「所以是眞的嘍？天吶。」

里志是眞的很驚訝，這讓我十分詫異，因爲我知道他不是容易大驚小怪的人，但我卻完全猜不到他驚訝的原因。

「喂，里志，到底是怎麼回事？」

「你還問我怎麼回事？奉太郎，你眞是嚇壞我了。我明白你有點欠缺常識，不過你不可能沒聽過千反田家族吧？」

他誇張地搖頭，一副感慨萬千的模樣。不用說，這也是里志式的玩笑。我非常清楚里志在無用的知識方面有多淵博，所以我不會因爲自己的無知感到絲毫不快或羞恥。

「千反田同學的家族又怎樣了？」

里志有些得意地點點頭，對我解釋道：

「神山這地方有很多名門望族，講到『進位四名門』更是赫赫有名，也就是：荒楠神社十文字、書店世家百日紅、富農家族千反田、山林地主萬人橋。這些姓氏裡面都有依序進位的數字，因此人稱『進位四名門』，能與這四個家族相提並論的，只有經營醫院的入須家族和位居教育界要角的遠垣內家族了。」

這可疑的說明聽得我愣了好一會兒。

「四名門？里志，你這話有幾成是眞的？」

「眞沒禮貌，全都是眞的啊，我什麼時候騙過人了？」

里志會強調自己所言不假，這內容多半是眞的。可是現在都什麼時代了，哪還有名門？里志刻意擺出臭臉給我看，而被他點到名的千反田也附和道：

「嗯，這些姓氏我全聽過哦，雖然我也不知道算不算名門就是了。」

「啊？眞的假的？」里志自己也嚇了一跳。

「我就從沒聽過『進位四名門』這種說法。」我注視著里志。

他聳肩說道：

「我可沒說謊哦。」

「這詞兒是掰出來的吧？」

「哎喲，我偶爾也想當一下引領潮流的人嘛。」里志像是要結束這個話題似地，雙手輕輕一拍。「好啦，奉太郎，你到底遇上什麼麻煩了？」

我就知道他會這麼問。要是試圖敷衍，對話只會拖得更長，我只好簡單說明情況。

「天色變暗了呢。」千反田說著打開教室的燈。

聽完事情經過，里志環抱雙臂沉吟了起來。

「唔……，這件事眞不可思議。」

「哪裡不可思議了？當成千反田忘記自己曾經上鎖不就好了？」

「不，非常不可思議。」里志維持一樣的姿勢，頓了頓繼續說：「最近教育當局要求各校盡可能地嚴加管理，所以神高在教室管理方面也相當謹愼。只要稍微留心就會發現，除非有鑰匙，否則校內所有的教室門是無法從內側開關鎖的，這是爲了防止學生躲在教室裡做什麼奇怪的事。」

我對里志振振有辭的說法持保留態度。我很清楚里志具備了多少無用的知識，以及他求證時的異常勤奮態度，可是開學至今還不到一個月，他對校內的事怎麼可能如此熟悉？

「這種事，你是怎麼知道的？」

「嗯，這個嘛……。上星期我想做個實驗，偷偷潛入學校，卻找不到哪間教室可以從裡面上鎖，害我傷透了腦筋呢。」

「你還不懂嗎？你這種行爲就是校方最擔心的『奇怪的事』耶。」

「是嗎？或許吧。」

「就是啊。」

我笑了，里志也笑了。千反田因我們相視乾笑的情景倒退兩、三步，一時之間教室內一片靜默。我爲了打破尷尬，咳了兩聲之後說：

「算了，上鎖的事可能只是哪裡誤會了吧。太陽都下山了，我要回家了。」

說著我正要站起，肩膀卻被人從後方緊緊按住。

千反田不知何時跑到我背後。「請等一下。」

「怎、怎麼了？」

「我很好奇。」

千反田的臉貼得出乎意料地近，我有點慌張。「那又怎樣？」

「爲什麼我會被反鎖呢？……如果不是有人想把我反鎖，爲什麼我進得了這間教室？」

千反田眼中異樣的威嚇力顯然不容許我敷衍回答，我震懾於她的氣勢，頓時吞吞吐吐了起來。

「所、所以呢？」

「要說是誤會的話，那是誰誤會的？又弄錯了什麼？」

「妳問我，我哪知道……」

「可是，我很好奇。」

她傾身向前，逼得我的身子隨之後仰。

我先前是不是說過千反田清純？真要命，那只是乍看之下，只是純粹針對外表的形容。我發現最能顯露這傢伙本性的是她的眼睛，唯有那雙不符合整體形象的活潑大眼能反映出她的真實性格。「我很好奇」這句話讓進位四名門的大小姐成了一個好奇寶寶。

「爲什麼會發生這種事呢？折木同學和福部同學，你們也幫忙想想吧。」

「我爲什麼得——」

「好像很有趣呢。」

里志打斷我的話，接受了她的提議。這確實符合里志的本性，不過……

「抱歉我沒興趣，我要回家了。」

知道眞相又能如何？只是在浪費能量，沒必要的事我是不會做的。

然而，深知我會這麼想的里志卻說：

「奉太郎，你也來幫忙嘛，我只能做到能力範圍內的事，而區區一介資料庫是做不出結論的。」

「眞無聊，我才不跟——」

我話說到一半，里志便直使眼色，我順著他的視線望向千反田。

「呃……」

千反田那緊抿的嘴脣、緊抓著裙襬的手、像在瞪人般射過來的視線，讓我不由自主地後退半步。光看那副氣勢，她絕不輸給我姊姊。里志偷偷警告我：「爲了你自己著想，還是順著她吧。」

我輪流望著千反田和里志，里志輕輕點頭。我決定聽進他的警告，我可不想遭遇不幸。

「……也對，似乎挺有趣的，我也來想想吧。」

我的口氣不太自然，這也是無可厚非。

不過聽到我這回應，千反田的嘴角放鬆了一點。

「折木同學，你有什麼線索嗎？」

「先給他一點時間想想吧，奉太郎是個與其勞動肉體、寧願動腦的消極傢伙，可是他一旦思考起來，就很可靠哦。」

少廢話，又不是一定要揮汗勞動才叫積極。

我試著整理目前掌握的情況。

千反田進入教室時，門沒有鎖；當我抵達時，卻是鎖著的。

如果里志所言屬實，千反田是絕不可能從內側上鎖。但她會不會並非刻意，而是無意間鎖上的？譬如說，門鎖在千反田剛進來時是鎖一半的狀態，在她進來之後就因爲彈簧或其他東西的作用，而像自動鎖一樣地鎖上了。

我說出這個推測，千反田只是偏起頭，沒有發表評論；里志則是以嘲弄的語氣說：

「那是不可能的，奉太郎。神高的門鎖在那種沒鎖好的狀態下是插不進鑰匙的。」

眞的嗎？

若果眞如此，只能推測是有人蓄意上鎖了。我問道：

「千反田同學，妳記得妳是什麼時候進教室的嗎？」

千反田想了一會兒。

「大概比你早三分鐘。」

三分鐘。時間太短，來不及的。畢竟這間地科教室位在神高的最邊陲地帶。

看樣子這件事比想像中棘手——我正這麼想，一旁的千反田突然大喊一聲：

「啊！」

「怎麼了，千反田同學？」

「對了，仔細想想就知道上鎖的人是誰啦！」

「喔？是誰？」

千反田喜孜孜地露出微笑。……不知怎的，我有股不好的預感。接著這位大小姐轉身對我說：

「就是你，折木同學。因爲你有鑰匙。」

我就知道她會這麼說，於是心想乾脆一不做二不休地認了吧，但話還來不及出口，千反田又繼續說：

「不過，不會有這種事吧？折木同學應該是可以信任的人吧？」

……別當著我的面說這種話啊。里志見我無言以對，便笑著說：

「奉太郎可不可信任我是不清楚啦，不過他應該沒興趣反鎖妳，因爲沒有好處。」

說的對。里志眞了解我，我才不會做沒賺頭的事。

所以絕對不是我上鎖的。

那會是誰呢……？

怎麼也想不通，我輕搔著頭。

對了，必須找些線索才行。不知爲何，我心虛得像是在辯解似地說道：

「這樣胡亂猜測不行啦。沒有任何線索嗎?」

「線索?怎樣的東西叫做線索?」

被千反田這麼一問，我不知該怎麼回答。

「線索嘛，就是有助於著手調查的東西。」

這話說了等於沒說。

里志替我補充道:

「就是和平時不一樣的地方。千反田同學，妳有沒有發現到什麼不尋常的事?」

「唔……，這麼說來……」

哪會有什麼異狀?我完全不抱期待，千反田慢慢環顧教室內，接著落定視線，緩緩說道:

「我剛剛聽見腳下傳來喀啦喀啦的聲響。」

聲響?

有嗎?我沒發現。

但若眞是如此……

……對了，我好像懂了。

里志觀察著我的表情。

「奉太郎，你想到什麼了吧？」

我默默抓起斜背包。

「折、折木同學，你要去哪兒啊？」

「現場模擬。運氣夠好的話，答案應該就出來了。」

千反田連忙跟上我，里志想必也跟隨其後。

搞定一切走出校門時，天色已經相當暗，棒球社的社員正在操場整地。不知爲何我還帶著剛才已經道別的千反田和里志同行……，不，是他們自己跟過來的。

千反田走到我身邊。

「差不多該公布謎底了吧，折木同學，你是怎麼知道的？」

里志也在後面說：

「就是啊，奉太郎，我們之間應該沒有祕密嘛。」

別說得這麼噁心。我頭也不回地說：

「我又不是存心裝神祕，是謎底太簡單了，我實在懶得講。」

「或許你覺得很簡單，但我並不這麼覺得。」千反田噘起嘴。

解釋起來雖然麻煩，要逃避卻更費工夫。於是我揹好斜背包，思考著該從何說起。

「好吧。眞相就是，有人拿萬用鑰匙把妳鎖在裡面，明白了嗎？」

我說出自以爲理所當然的結論，千反田卻發出驚呼。看來非得從頭說起不可了。

「咦？爲什麼？」

「地科教室位在校園邊陲地帶，如果某人以外借鑰匙鎖住妳之後，把鑰匙繳回教職員室，我再借出鑰匙去那間教室開門，前後過程不可能只花三分鐘。」

「對耶，外借鑰匙只有一副，一定是其他的鑰匙，所以你才會想到是萬用鑰匙啊？」

正是如此。而且照理來說，學生不可能拿得到萬用鑰匙，這麼一來眞相自然呼之欲出。

還有一條有力線索。

「而且呢，妳說妳聽到地板傳來聲響，對吧？」

「是啊。」

「四樓的教室地板發出聲響，一般來說會是什麼情況呢？」

里志悠然地回答：

「這表示可能有人在戳弄三樓的天花板。」

「我也這麼想，所以猜得出拿萬用鑰匙的是誰。」

放學後會在教室裡戳弄天花板的人，就是……

「不過，眞虧你會注意到工友呢。」

千反田頻頻點頭。

方才我們在三樓看到的是扛著大型人字梯的工友，只見他走出教室，放下梯子，從口袋拿出萬用鑰匙，當著我們的面一間間依序鎖上三樓的教室。也就是說，他所做的事是這樣的：打開教室門鎖，進去工作，結束後移往下一間教室，重複同樣的步驟，直到處理完三樓所有教室之後，再依序鎖上各間教室。如果有學生好死不死在這段門開著的空檔走進教室，就會被工友鎖在裡面了。……就像千反田這樣。

我們並不清楚工友究竟在進行什麼作業，但既然他進了好幾間教室，又沒拿梯子以外的大型物體，可以想見並不是換燈管，多半是檢查電燈啓動器或是煙霧偵測警報器吧。不過，這種事情不知道答案也無所謂，反正千反田也沒問。

總之事情都解決了。

「我就說嘛，這小子一旦動起腦筋來是很可靠的。」

「眞的耶，大大地出乎我的意料。」

我不認爲自己做的事有多了不起。熟知門禁管理的是里志，察覺樓下傳來聲響的是千反田，而我則是從頭到尾都在裝傻……。算了，要怎麼想是他們的自由，反正我只是被趕鴨子上架。看到千反田那雙會說話的眼睛毫不掩飾地流露佩服之情，我忍不住想揶揄她一下。

「不過千反田同學，妳明明在教室內，爲什麼沒留意到門被鎖上的聲響呢？只有這點我搞不懂。」

千反田似乎不覺得受到揶揄或是諷刺，坦然地微微一笑說：

「關於這點我可以解釋。我當時很專心地在看窗外……，在看那棟建築物。」

她指向路旁一棟建築。那是神山高中的校舍之一——武術道場，在長年的風吹雨打之下斑駁處處，是一棟破破爛爛的木造建築。我也效法千反田，坦白地說出感想：

「可是我不覺得它哪裡吸引人耶，妳居然能看得那麼入神。」

「不，那棟建築很不可思議哦。」

「會嗎？」

我看不出它哪裡不可思議，里志卻在後頭喃喃說著：「的確呢。」

「它好老舊，遠舊於其他建築。」

「是啊。」

會嗎？大概吧。會因爲建築老舊而受到吸引，甚至看到忘我，這種個性不知該說風雅還是悠哉，總之是我完全無法理解的行徑。

紅燈擋住了去路，幾名和我們一樣正要回家的神高學生等著號誌燈轉綠。

「話說回來，我還沒向你正式打招呼呢，折木同學。」千反田慢吞吞地說。

「正式打招呼？」

「是呀，我們今後會共同參與古籍研究社的活動嘛。請多多指教。」

古籍研究社！對耶，我都忘了，我是想看看古籍研究社的社辦才跑去那間地科教室的。雖說千反田已經入社，代表我沒必要蹚古籍研究社這渾水了……。總之這全是自然演變的結果，橫豎我的入社申請書早已交出去，學校也受理歸檔了，再說神高的社團入社滿一個月就不得退社。

千反田朝我輕輕點頭，接著笑著對里志說：

「福部同學呢？你也來加入古籍研究社如何？」

里志環抱雙臂做出沉思的模樣，但沒多久就回答了：

「不錯啊，今天的社團活動很有趣。好，我加入。」

「那也請福部同學多多指教嘍。」

「別客氣，我才要請妳多多指教。……奉太郎也是。」

里志向我投來揶揄的目光，語氣十分造作。

號誌燈變綠了，我迅速邁出步伐，一探口袋，摸到一張信紙，那是姊姊的信。

回頭想想，收到折木供惠的信時，我已隱約察覺日子不會平靜了。

姊姊，妳滿意了吧？代表妳青春時代的古籍研究社有了三名新進社員呢。深具傳統的古籍研究社眼看就要復活，這下我恐怕得向寧靜的節能生活說再見了，因爲……

「對了，得先決定社長人選才行。怎麼辦？」

「對耶，可是奉太郎完全不適合這個職位。」

因爲，這些人不會放任我繼續節能的。要是只有里志還容易解決，麻煩的是……

千反田愛瑠和我四目交會，那雙靈活的大眼露出笑意。

麻煩的是這位大小姐。——我愣愣地想著。

三

值得誇耀的古籍研究社之活動

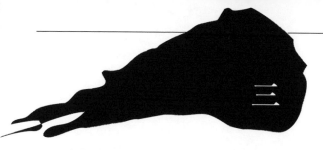

我從沒想過古籍研究社是在做什麼的，知道答案的學生都已不在這所學校，而我也不至於好奇到想請教老師。其實問姊姊就行了，但是不湊巧，她現在正在貝魯特（註）。算了，社團活動目的不明的情況雖然罕見，反正存在意義不明的團體多得是，應該沒什麼好在意的。

古籍研究社復活一個月了。兼做地科教室之用的社辦即便不能當作私人空間，仍然在我心中逐漸確立安居之所的地位。我每每放學後覺得無聊就會跑來這裡，心想說不定里志來了，說不定千反田來了，說不定兩人都來了，若是誰都沒來也無所謂。我們有時會聊天，有時只是保持沉默。里志的個性本來就耐得住安靜，而千反田這位大小姐如果沒有爆發出好奇心，便如外在形象一樣嫻靜，因此我儘管不懂古籍研究社爲何存在，還是覺得這個社團很有俱樂部的風味。

和人們只要相處起來不太累，我其實不那麼排斥交際。但里志直到現在還沒摸清楚我這脾氣。

下著小雨的這一天，只有我和千反田在社辦。我將椅子拉到窗邊倚牆而坐，讀著廉價的平裝書，千反田則是坐在教室前方讀著一本厚書。放學後的散漫情景大概就是這樣吧。

我不經意瞥向時鐘，離我上次看時間已過了三十分鐘，沒想到時光流逝如斯迅速。話雖如此，若說我現在是閒適或心情放鬆，那就錯了。因爲必須先感受到緊張或壓力，才會有所謂的閒適和放鬆，而我一直都維持在能量耗費極少的狀態下。

沉默之中，只聽見翻書頁和細雨的滴答聲響。

「……」

想睡了。等雨停就速速回家去吧。

就在這時，傳來「啪噠」闔起書本的聲響，背對著我的千反田開口了：

「淪落啊。」

她並沒有望向我，但顯然不是自言自語，而是在對我說話。我不知道該怎麼回應這沒頭沒腦的一句話，於是試探道：

「妳是說一年種兩次的那個？」

「那叫『輪種』。」千反田回過頭來，答得鏗鏘有力，「一年種兩次同樣的作物叫二穫。」

「眞不愧是農家的女兒。」

「又不是什麼值得稱讚的事……」

此刻只聞雨聲，然後一片沉默之後，她才繼續說：

註：Beirut，黎巴嫩首都。

「不是，我不是在講那個。」

「妳想說的是『淪落』？」

「沒錯，這是淪落。」

「什麼東西淪落？」

千反田凝視著我，接著右掌朝上，往整間教室比了一周。

「放學後的時間啊，這種沒有目標的生活眞是毫無建樹。」

廢話，單純地殺時間當然不會有任何建樹。我連書都懶得闔起，抬眼瞥向她說：

「很有道理。所以意思是，妳想從古籍研究社得到什麼東西嗎？」

「你問我嘛……」

我提出這個疑問實在不懷好心，因爲很少有人眞正知道自己想要什麼。附帶一提，我很清楚自己什麼都不想要。

千反田毫不猶豫地答道：

「有的。我有想得到的東西。」

「喔？」

眞意外，沒想到她答得這麼爽快。我起了點興趣，但還來不及問她，她就迴避似地接著說：

「不過那部分是個人因素。」

這樣我就問不下去了。

千反田繼續說：

「我現在談的是古籍研究社。古籍研究社是個社團，得有社團活動才行。」

「有活動是不賴，可是我們又沒有目標。」

「當然有目標。」

千反田挾帶社長的權勢和名門的聲威發出嚴正宣告：

「我們要在十月的文化祭推出社刊。」

文化祭？

我先前提過，神山高中的文化祭在本地小有名氣，再進一步說明，這等於是這地區年輕人的文化盛事。我聽里志說，在這鎮上所有學習茶道的高中生都該參加一次神高文化祭的露天茶筵，神高文化系的街舞比賽也比出了不少專業舞群。這些藝文活動的品質如何我不太清楚，但爲數可觀，我也知道姊姊高中三年從各學藝類社團蒐集來的社刊多達一整箱。

說起來這應該是玫瑰色高中生活的結晶，至於我對這點作何感想……，還是別提了，我只能說一句「確實不容小覷」。

千反田說要做社刊？我思索了一下這個提議，提出合理的質疑。

「千反田，社刊應該是平日社團活動的結果，而不是目標吧？」

千反田搖搖頭。

「不，把做出社刊這個結果當作目標，我們以此為目標得出結果的目標就達成了。」

「……啊？」

「就是說，所謂把結果當作目標，就是以之為目標而試圖得到結果，不是嗎？」

唔……。我緊皺眉頭。我大概知道她想表達的意思，但這應該就是套套邏輯（註）吧？

言歸正傳，搞什麼社刊嘛，太麻煩了。不，我沒製作過社刊，無法斷定麻不麻煩，總之沒必要的事，不做才是上策。目標和活動都是人們自找麻煩想出來的，把精力耗費在這種沒必要的活動上，等於是白白糟蹋體力。

我闔起平裝書，放到一旁。

「不要做社刊啦，太費工夫了，而且……對呀，只靠三個人也搞不出像樣的東西嘛。」

千反田依然堅持。

「不行，不可以沒有社刊。」

「想在文化祭亮相還有其他方法呀，像是設攤之類。」

「依照慣例，神高文化祭禁止設攤。不，更重要的是，不能沒有社刊。」

「……爲什麼？」

「社團預算當中包含了社刊製作費，不做就麻煩大了。」

千反田從胸前口袋拿出一張摺疊整齊的紙給我看。的確，古籍研究社本年度那一丁點兒預算的名目就是「社刊製作費」。

「大出老師也很期待我們推出社刊，因爲古籍研究社的社刊有三十年以上的傳統，他不希望就此成爲絕響。」

「……」

有條理的人腦筋通常不錯，但不代表沒有條理的人都是笨蛋，好比千反田並不笨，卻絕對稱不上有條理。如果她一開始就先提預算和傳統，再宣布活動目標，不是很好嗎？因爲我很清楚反抗預算名目與傳統都是徒勞無功，要是她有條理地按順序開口，我也不必多費脣舌，頂多苦笑罷了。

「好啦好啦，那就來做社刊吧。」

註：套套邏輯（tautology），又稱「同義反覆」，即絕對正確但沒有內容與用途的言論，如「四足動物有四隻腳」。

我爽快地對漫無目標的寧靜生活道別。算了，或許這樣才是健全的高中生活。雨還在下。既然暫時回不了家，乾脆問一下該問的事。

「所以呢？社刊長怎樣？」

「什麼長怎樣？」

「我在問妳歷年的社刊是怎樣的內容呀。」

如果古籍研究社的社刊每年都是「《南總里見八犬傳》讀後感」、「從《雨月物語》之〈白峰〉一章論天皇觀」、「對前年考察《大鏡》所示社會規範變遷之反論」這些玩意兒（雖然機率不大），我就得下定決心了。在此愼重地補充一點：不是下定決心做出符合歷年品質的社刊，而是下定決心不做。反正無論如何，先知道所謂的「傳統」傾向爲何才是上策。

但我沒有得到明確的答案。

「不知道耶。是怎樣的內容呢？」該說她答得理所當然嗎？千反田有模有樣的社長架式常常令我忘記她加入古籍研究社僅僅一個月。「去查舊社刊就知道了吧。」

「有那種東西嗎？又不知道收在哪裡。」

「會不會在社辦？」

對耶。

我差點反射性地附和出聲，眞丟臉。我沒吭聲地朝地板指了指。

「……啊，這裡就是社辦喔。」千反田說。

沒錯。

「眞不好意思，因爲不太有參加社團活動的感覺……」

這也沒錯。

做爲本社社辦的這間地科教室，除了教具之外什麼也沒有，看到的僅有黑板和桌椅，頂多加上掃除用具，再普通不過的教室，看不出哪裡有可能存放了社刊。

「會不會沒留下來呢？」

「不會啦。」

「那……會不會在圖書室？」

很有可能。我點點頭，千反田旋即提著自己的書包站起來。

「我們走吧。」

不待我回答，她已開門走出去，沒想到這位大小姐如此有行動力。隨便啦，反正圖書室就在前往校舍門口的路上，順路。

不對，先等一下……。今天是星期五嗎？那麼圖書室值班的該不會是……

「哎呀，這不是折木嗎？好久不見，眞不想見到你。」

我一走進圖書室，冷言冷語立刻迎面而來。果真如我所料，坐鎮在櫃檯內值班的小不點就是伊原摩耶花。

伊原和我是小學同學，同班九年，可說緣分匪淺。她從小長得五官端正，升上高中後，那張娃娃臉只比當年成熟一點點，稚嫩的臉龐和嬌小的身材給人可愛的印象，不過千萬別被外表騙了，那都是陷阱。伊原可是隨身攜帶凶器的，要是在她面前稍有鬆懈，惡毒的話立刻追殺過來。連我這個和她不熟的人都曾聽說，那些慕名而來，拜倒在伊原石榴裙下的男生私下表示，伊原對於自己犯的錯一樣尖酸嚴苛，所以她雖然個性潑辣，還是有人覺得她其實本性不壞。

不過我才不相信這種風評。

我不悅地說：

「嗨，我來找妳了。」

「這裡是學識的聖殿，不適合你這種人。」

伊原蹺著腿坐在櫃檯裡。由於本校圖書室的借閱手續都由借閱人自行辦理，所以值班的圖書委員看上去挺清閒的，該做的工作似乎只有把歸還的書本放回架上，然而還書箱卻堆著幾本書。伊原不是愛偷懶的人，所以她應該是打算累積到一定數量再一口氣解決吧。她手邊放著一本又厚又大本的書，似乎是拿來打發時間的。

圖書室裡人挺多的，十張四人桌各有一、兩人在讀書。其中想必有很愛讀書的，但我知道不是每個人都如此，有些人應該只是因爲不想冒雨回家而留校躲雨。一個男生抬頭看向我們。這人我認識，眞糟糕，是福部里志。

里志和我目光一交會，便笑咪咪地起身。

「喲，奉太郎，眞是巧遇啊。」這傢伙看看伊原，又看看板著臉的我，「你們兩個感情還是一樣好，眞不愧是鏑矢中學的最佳情侶。」

我明知對這傢伙說什麼都沒用，還是罵道：

「少開玩笑了。」

一旁的伊原也冷冷地說：

「叫我跟這種陰沉的傢伙交往，我寧願選擇蛞蝓。」

……竟然拿蛞蝓和我比。

接著伊原還神情泰然地補了一句：

「阿福，你明知我的心意，爲什麼說得出這種玩笑？」

「啊啊，不好意思，摩耶花，妳受傷了嗎？」

「少來，你每次都想裝傻帶過……。眞是夠了。」

她瞪了里志一眼。

里志把視線移到我身上，露出苦笑。伊原不知從何時開始對里志窮追不捨，里志卻是一路閃躲。

他乾咳兩聲岔開話題。

「哎喲，無所謂啦，我倒是比較好奇你們兩個古籍研究社社員一起來圖書室做什麼呀？」

對了，我不是來探伊原的班的。被這突如其來的小插曲搞得啞然無語的千反田聽到里志這麼一問，才戰戰兢兢地開口：

「圖、圖書委員，可以請教妳一個問題嗎？」

「喔？要問就問吧。」

「請問這裡有沒有收藏社團的社刊呢？」

「有啊，都收在那座牆邊的開架書櫃裡。」

「也有古籍研究社的嗎？」

伊原偏起頭。「古籍研究社啊……。不好意思，我沒印象耶，你們自己找找看吧。」

千反田道謝之後就要過去，里志制止了她。

「那邊沒有，我剛剛正好找過那個書櫃。摩耶花，還有別的存放地點嗎？」

「唔……，開架書櫃沒有的話，有可能在書庫裡。」

「書庫啊……」里志沉思一會兒才問：「千反田同學，你們爲什麼要找社刊？」

「我們要在文化祭時推出社刊，所以想先看看舊刊的樣貌。」

「喔？要在KANYA祭推出？奉太郎你居然會同意耶。」

我哪裡同意了？根本是被迫接受，千反田一定不覺得必須得到我的同意。等等，他剛剛說什麼祭來著？

「里志，你剛剛說了文化祭嗎？」

「沒有啊，我說的是『KANYA祭』。你沒聽過嗎？這是神高文化祭的俗稱。」

俗稱？就如同上智大學的學園祭叫做「蘇菲亞祭」（註一），慶應大學則是叫「三田祭」（註二）嗎？聽起來挺像一回事，但是經歷過上次的「進位四名門」一事，我還是很難輕易相信。

「聽起來有點可疑。是眞的嗎？」

「眞的啦，這雖然不是官方公認的稱呼，不過我們手工藝社的學長姊都稱它做KANYA祭。摩耶花，你們漫研社的都怎麼叫的？」

伊原參加的是漫畫研究社？她似乎符合那種形象，又好像不太適合，眞是難以

註一：上智大學爲成立於一九二八年的私立天主教大學，英文校名爲「Sophia University」。

註二：慶應大學校區四散於東京、神奈川等地，三田校區主要匯集法商人文學部與研究所學生。「三田祭」爲日本規模最大的大學學園祭，重頭戲爲選出每年的「Miss慶應」。

捉摸。

「嗯，我們都說KANYA祭，圖書委員之間也是這麼叫的。」

「KANYA啊……。國字要怎麼寫？」

里志舉高雙手表示投降。

「不知道，我只是聽別人都這麼稱呼。」

看來真有「KANYA祭」這個俗稱，不過KANYA到底是什麼？我完全猜不出國字該怎麼寫。算了，取名本來就是出自莫名其妙的理由，要追溯源頭也挺麻煩的。

這時里志又補充道：

「我想大概是把『神山高中文化祭』簡稱做『神山（KAMIYAMA）祭』，再轉音成了『KANYA祭』吧。」

里志的雜學知識總是這麼豐富。

話題偏離了一陣子，伊原提高聲調把焦點拉回正題。

「現在是在說社刊的事啦。去書庫裡或許找得到，可是司書老師（註）不巧去開會了，現在沒辦法進書庫。老師大概三十分鐘之後回來，你們要等嗎？」

三十分鐘嗎……。千反田好像不急於一時，她小聲地問我「該怎麼辦」，我是覺得隨便，同時發現外面的雨愈下愈大。氣象預報說下午會轉晴，晚上還看得見星星，看樣子繼續躲雨應該是個明智的選擇。

「好啊，等就等吧。」

「我倒是很歡迎你先回去。」

我決定繼續看先前那本平裝書，正要轉身，里志拉了拉伊原的袖子說：

「摩耶花，剛才那件事，要不要也說給奉太郎他們聽？」

伊原裝模作樣地稍稍皺起眉，想了一下才點頭。

「好啊。折木，你有沒有興趣動動腦？」

沒有。

千反田卻不這麼想。

「剛才的什麼事呀？」

里志露出他一貫的笑容回答：

「摩耶花發現了一本冷僻的熱門書哦。」

「我每個星期五放學後都來這裡值班，卻發現有一本書每星期都會還回來，到今天已經連續五週了。很怪吧？」

我不管伊原正在講話，自顧自找起能好好坐下看書的座位。可是很不巧地，圖

註：管理圖書室的教職員。

書室內人滿爲患，沒有比較閒適的地方，我只好坐上里志方才的位置。

這個座位離櫃檯很近，聽得見千反田他們的說話聲。

「那本書應該很受歡迎吧。」

「會嗎？長這樣耶。」

伊原拿起手邊那本又厚又大本的書，將封面亮出來。

「哇，好漂亮的書……」

聽到千反田的讚歎，我忍不住朝他們那邊看去。的確，那本書裝幀華美，相當吸引女生的目光。封面包著皮革，還有細膩的花紋裝飾，接近漆黑的深藍色調顯得十分厚重，書名爲《神山高中五十年的軌跡》，書不僅厚，尺寸也非常大本。

「我可以看一下內容嗎？」千反田說。

「請便。」

我從斜背包拿出平裝書，才翻到之前讀的頁數，一頁道林紙質的書頁竄入視野，蓋住了我那本薄書。千反田一副理所當然的態度把《神山高中五十年的軌跡》翻給我看，我實在不感興趣，又不好直接推開，只得瀏覽了起來。確實，裡面除了校史，還是校史，全是這類文字：

昭和四十七年（一九七二）

這一年的日本與世界

五月十五日，沖繩主權回歸日本，沖繩縣成立。
九月二十九日，簽訂日中聯合聲明，日中兩國正式建立邦交。
今年物價、地價異常上漲。

這一年的神山高中

○六月七日，神山高中弓道社首次在全縣弓道新人賽中獲得優勝。
○七月一日，一年級的露營活動因颱風取消。
□十月十日～十四日，文化祭。
□十月三十日，運動會。
□十一月十六日～十九日，二年級舉辦校外教學，地點為長崎縣佐世保市。
□一月二十三、二十四日，一年級舉辦滑雪研習營。
○二月二日，一年級的大出尚人同學因車輛暴衝事故過世，舉行追悼會。

全是小小的文字，要是讀完整本一定很枯燥，我個人是絕無興趣每週借這本書來讀，不過內容確實挺特別，會有人這麼做也不奇怪。

「奉太郎，你現在一定在想『就算有人每週借這本書去看也不奇怪』吧？」

你這隨便透視人心的混帳心電感應者！

我反駁不了，只見伊原神氣地挺起沒多少分量的胸部說：

「事情才沒那麼簡單。折木你從不在這裡借書看的吧？算了，我來告訴你，好好地聽著。我們圖書室的借書期限是兩週，所以根本沒必要每週借出。」

「可是啊，這本書卻每週都還回來哦。」里志說。

……原來如此，的確很奇怪。

「知道是誰借的嗎？」

「當然，封底內側有借書卡呀。你們看。」

千反田依言望向借書卡。

「咦？」

她發出驚呼。

「怎麼了？」

那張借書卡上寫著借出日期、借書人的班級和姓名。看就知道，這本書確實每週都有人借出，但千反田似乎不是因此驚訝，她指著借書人欄位要我看。

本週的借書人是二年D班町田京子。
上週的借書人是二年F班澤木口美崎。
上上週的借書人是二年E班山口亮子。
上上上週的借書人是二年E班嶋沙織。
上上上上週的借書人是二年D班鈴木好惠。
「每週借書的人都不一樣。」
「不止如此。」
千反田指著借出日期欄。我仔細一看，最後的借出日期是今天，減去七就是上一次借出的日期。
「都是在星期五借的耶。」
「就是啊，而且借書和還書都在同一天。這個『町田京子』在今天借出這本書，今天就還書了，其他人也是，連續五週都一樣。借出時間也猜得出來，五人應該都是午休時間借書，放學就還書了，所以別說是讀，根本連翻都沒時間翻嘛。」
「……」
「怎樣，很怪吧？」
千反田把書還給伊原，一邊緩緩點頭。
「是啊……，我很好奇。」

她說這話時加重了語氣，就像上次被反鎖時一樣，感覺她的瞳孔似乎也放大了，這表示她極感興趣。

「爲什麼會這樣呢？」

伊原的謎題點燃了這位大小姐的好奇心。里志這個蠢蛋，好端端的幹嘛招惹千反田。我打定主意視而不見，回頭讀我的平裝書。

可是我太天眞了，完全沒料到矛頭會指向自己。千反田再次把《神山高中五十年的軌跡》壓在我的書上。

「折木同學，你怎麼想呢？」

「咦？我嗎？」

里志瞬間露出異於平時的笑容，那是嘲弄的笑容。此刻我才恍然大悟，里志早算計好要讓我蹚這渾水。這個奸詐狡猾的大壞蛋！

「我們一起想想吧。」

「……」

「好啦，折木同學也一起來！」

爲什麼？爲什麼是我？千反田的好奇心旺盛是好事，里志那愛惡作劇的個性或許也算是優點，但我可沒有義務奉陪。

不過事已至此，逃避只會搞得更麻煩，因此我不得不回道：

「……就是說啊，眞有趣，我也來想想吧。」

一旁的伊原問里志：

「阿福，折木的腦筋行嗎？」

「不太行啊，不過他在這種沒什麼用處的事情上頭常會派得上用場。」

沒關係，你們盡量講。

我試著整理目前掌握的狀況。

每週都有不同的人借出這本書，並於當天歸還，連續五週發生這種事，要說純屬巧合也不是不可能，但我沒這麼信奉巧合之神，何況千反田不會接受這種說法的。重點並非眞相如何，而是千反田能不能接受。

一旦摒除巧合的可能，可以確定的是，那些人不是借這本書去讀的，因爲午休借出、放學歸還，根本來不及讀；再說，不把書帶回家去的話，只要在圖書室裡讀就好了，沒必要辦理借書手續。結論是：那些人並非以一般方式使用這本書。所以會是什麼情況呢？

「……書除了拿來讀之外，還能怎麼用？」我問。

千反田說：

「多疊幾本可以壓醃菜缸。」

里志說：

「綁到手臂上可當護盾。」

伊原說：

「多堆幾本可以當枕頭用。」

我不想再問這些人了。

換個角度來想吧。

爲什麼每週都是不同的人來借這本書？若不是巧合，還有兩種可能。一是，這幾個借書的女生之間並沒有共通點，但最近流行在星期五下午使用這本書，所以她們講好了輪流來借。

可是，流行的原因何在？難道是某種運勢占卜？譬如：「妳本月的幸運物是校史，星期五下午借出並於當日歸還，就能讓戀情發展順利。」

……太蠢了。

另一種可能是，她們有共通點。

從借書卡上的名字來看，借閱者全是女生，不過這個共通點完全派不上用場，從神高裡隨機抽出五個人，全是女生的可能性極高，而且即使沒有特別限制性別，一般組成小團體時，同性聚集在一起的情況並不少見。

還有另一個共通點，這些人都是高二，只是不同班。

唔？

對了……

「怎麼了？你想到什麼了嗎？」

……我好像想起某件事，可是被里志這麼一打岔又忘了，是什麼事啊？

算了，先來說說我想到的吧。

「這會不會是某種暗號？譬如說……還書的時候正放代表『可』，反放則代表『不可』。」

「什麼東西可不可啊？」

「我只是舉例嘛。」

千反田一聽，歪起腦袋思考。很好，妳快點接受這個推測吧。

但我卻遭到反駁，開口的不是千反田，而是伊原。

「不可能啦，你看。」

伊原指著圖書室的還書箱，箱裡堆著一些書。對耶，這些書都看不出是正是反，書上若被動了什麼手腳，能看見的也只有打得開箱子的人，也就是在星期五放學後值班的這位圖書委員。

還是別和伊原爭辯吧，以免遭到她的毒舌反擊。

我想不出其他可能性，或許線索已經齊全，但我依舊看不出眞相，得有更多提示才行。我盯著伊原手中那本校史的漂亮封面，正想找個時機說出放棄宣言。

這時，千反田擋住我的視線。她上身傾向櫃檯，定睛凝視著伊原抱在胸前的校史，臉幾乎要貼了上去。

「咦？咦？」

我能夠體會伊原看到千反田突然逼近會有什麼感覺。

「怎麼了？千反田？封面上寫有那種火一烤就會顯現的暗號嗎？」

但千反田好一陣子毫無動靜。

「……好像有個味道。」她喃喃地說。

「眞的嗎？伊原，書借一下。……沒有啊，我什麼都沒聞到。」我說。

「不，眞的有味道。」

「不是書的味道嗎？還是油墨或是圖書室的味道……」

千反田聽到里志的話只是直搖頭。

伊原和里志也把我手上的校史拿去聞，看他們又是皺眉又是歪頭的模樣，應該也沒聞到。

「沒有嗎？那味道很刺鼻，像是稀釋劑之類的。」

「別講得那麼恐怖好不好。」

「眞的有味道嗎？……我還是聞不出來耶。」伊原說。

的確，我也聞不出來，但我不認爲是千反田神經過敏，因爲她都講得這麼斬釘截鐵了。不過，怎麼可能是稀釋劑嘛。

若眞如她所說……，唔……

我好像想通了。

不過求證起來還眞麻煩。

我正想著該怎麼辦，又讓里志給看穿了。

「奉太郎，看你的表情，似乎有答案了呢。」

「咦？眞的嗎？折木猜到了？」

伊原投來的視線帶著非常強烈的懷疑，我坦率地點頭回道：

「算是吧，雖然還不太確定……。千反田，想不想運動一下？有個地方想請妳跑一趟。」

「咦？你有頭緒了嗎？要我去哪裡？」

千反田一聽完地點，馬上就要衝出去，里志卻笑著阻止她。

「千反田同學，千萬別上當，妳不可以被奉太郎隨意使喚哦，供人使喚是他的使命。奉太郎，地點在哪？」

你這傢伙還眞敢講。不知是不是因爲伊原在場，里志的發言比平時更不客氣。但他也沒說錯，所以更令我火大。若不是被人使喚，我的確什麼都不會主動去做。

「好吧，去就去，反正今天下雨沒上體育課，我還剩下一些可用能量。」

我這麼說道，千反田也表示要一起去。

「唔……，那我也一道去看看吧。雖然折木猜中的可能性不高，我也想親眼確認一下。……阿福，麻煩你留在這裡看著。」

伊原說完便走出櫃檯。被她使喚的里志愣了一愣，還是默默地走進櫃檯。我好久沒見到里志這麼落寞的神情了。

我們得到滿意的答案，回到了圖書室。

「如何？」

「阿福，折木眞的很怪耶。」

「他一直都很怪啊，妳沒發現嗎？」

「爲什麼他會知道那種事……」

要問爲什麼，我也答不上來。這種事講求靈光乍現，至於靈光會不會來，就得碰運氣了。

「折木同學，你眞教人驚訝。我對你的頭腦很感興趣呢。」

我不由得想像起千反田在狂風暴雨夜的郊區屋子（當然是哥德式洋房）的地下室幫我動開腦手術的景象，暗自嚇個半死。在我看來，我反而覺得千反田能聞到沒人察覺的稀薄味道才更教人驚訝。

「對了，如果是折木同學，說不定可以……」

可以什麼？妳千萬別說可以拿我去當有機電腦的材料。

里志讓出櫃檯位置給伊原，接著問我：

「好啦，奉太郎，解釋一下吧。首先，你們去了哪裡？」

我將手肘往櫃檯上一靠：

「美術教室。」

「美術教室？那不是在校區的另一邊嗎？」

「所以我才懶得去。」

「去那裡做什麼？」

「好吧，你聽好了。」

我又說了一次在美術教室裡對千反田她們解釋過的事。

「那些人使用這本書的時間是星期五的第五堂課或第六堂課，或者兩者都是。然後呢，女生不太可能在下課時間用到那麼厚重的書，更別說是讀了。再者，講到同年級不同班的學生要一起上的課——」

我先前想到卻被里志打岔而忘記的，就是這一點。我和千反田第一次見面時也想過這件事：她是在哪裡見過我的？

「——就是體育課或藝術選修科目，但體育課絕對不會用到書本。你看這本書的封面，是不是很漂亮，顏色也很好看？所以眞相就是，那五個女學生會在課堂上用到這本書，所以每週輪流去借。」

里志問道：

「爲什麼要每週去借？借書期限明明有……」

「伊原也問了同樣的問題耶，你們這就叫心有靈犀嗎？里志，你會把不讀的書留在身邊嗎？每週還回圖書室才是最輕鬆的保管方法吧。」

「……原來如此。那你在美術教室找到了什麼？」

「你應該猜得到吧？就是畫作。二年D、E、F班聯合美術課課堂上所畫的畫。」

美術教室裡有幾張筆觸不同但描繪相同主題的畫像，都是一名女學生的肖像，女學生身邊的桌上插著花，而她手上拿的、眼睛看的就是那本華美的校史——《神山高中五十年的軌跡》。這些圖畫都把原物上面細小的文字畫得模糊不清，也不知算不算是藝術風格。

「奉太郎，眞有你的。那千反田同學聞到的味道是什麼？」

「當然是顏料的味道。一去那裡就知道了，整間美術教室都是那種味道。」

里志有氣無力地拍了幾下手。

「了不起，了不起，感謝你讓我度過一段有趣的時光。」

千反田也微笑著表示讚賞。

「是啊，眞愉快，感覺時間過得更快了。」

「我還耗了好幾個小時在推理耶……，折木竟然一下子就猜到了！」

我暗自想著，這就是你們和我不同的地方。發現書本借出情況不尋常的伊原、對這種無關緊要的怪事表現出強烈興趣的千反田，還有享受著一連串過程的里志，都和我不一樣。眼前這群異常投入的傢伙給我的感覺，與我對KANYA祭抱持的印象有點相似。

該怎麼形容呢……。算了，隨便啦。

雨勢轉小了。好啦，該回家了。

於是我拿起斜背包，千反田卻喊住了我。

「啊，還不能回去啦。」

「怎麼？還有什麼事嗎？」

我這才察覺里志和伊原以沒好氣的眼神瞪著我。我做錯什麼了？

「折木，你是來幹嘛的？」

幹嘛？不就是爲了冷僻的熱門書嗎……

不，不對……。啊，是社刊啦。

里志笑了。

「再待一下吧，奉太郎，你有時候還眞的少根筋耶。」

「有時候?阿福，你是不是太抬舉他啦?」

是啊，要說少根筋，我還比不上里志在妳跟前出糗的蠢樣。

伊原還想說些什麼，櫃檯裡有人出聲喚她。

「伊原同學，辛苦了，妳可以先回去了。」

「啊，好。糸魚川老師，您回來啦?」

對伊原說話的這位女老師我從沒見過，但不難猜出她就是司書老師。已過中年的她個頭非常矮小，胸前的名牌寫著「糸魚川養子」。

司書老師一出現，里志立刻提出請求。

「老師，我是古籍研究社的福部里志。我們要製作社刊，所以想找出舊刊，可是開架書櫃上沒有，請問我們是不是能進去書庫裡面找呢?」

「古籍研究社?……社刊?」

糸魚川老師驚訝得提高聲調，看來她應該也以爲古籍研究社早已廢社了。

「你們是古籍研究社的?這樣啊……。很遺憾，圖書室這邊並沒有舊社刊耶。」

「是啊，所以我們想去書庫找找看。」

「書庫裡也沒有哦。」

「會不會是看漏了？」

「不會的。」

老師回答得異常肯定。我雖然覺得有點怪，卻想不出老師有什麼道理藏書本。還是說她最近剛整理過書庫？

既然對方這麼徹底地否認，里志也只好放棄。

「這樣啊，我明白了……。千反田同學，妳聽見了吧？」

「嗯……，真傷腦筋呢。」

千反田有些陰鬱地望著我。即使她露出這種表情，我也只能聳肩說道：

「總會找到的啦。我要走了。」

我說完就要揹起斜背包。

伊原冷冷地丟來一句：

「你還真悠哉呢，解開了謎題，心情很愉快嗎？」

又不是我自己想解謎的，有什麼好愉快的？伊原啊，妳的攻擊完全不痛不癢呢。我想回嘴，但講了也沒好處，於是我只是聳肩以對。

「好吧，回家吧……，反正也有收穫了。」

我不懂千反田這話是什麼意思。

不管怎樣，總之沒事幹了，我再次揹起斜背包。不知何時雨聲已停歇，陽光透過雲層灑了下來。踏上歸途的我彷彿又聽見千反田剛才那句悄聲的自言自語——

「對了，如果是折木同學，說不定可以……」

四

另有隱情的古籍研究社之後裔

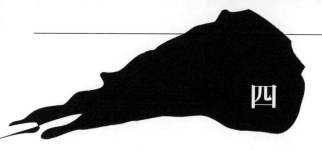

千反田在某個星期日約我出去，她說想在學校以外的地方見面，地點由我決定，於是我選了「鳳梨三明治」咖啡店。我很喜歡這間店深褐色基調的雅致裝潢，以及在我嚐過的各家咖啡之中最酸的吉力馬札羅咖啡。店面雖小，招牌還挺顯眼，應該不會太難找。

這間店靜得不像時下的咖啡店，連廣播都沒放，這也是我喜歡這裡的理由之一，不過等起人來卻很無聊。離約好的時間還有幾分鐘，我已在包廂席盯著喝剩的咖啡，生氣地心想千反田怎麼還不來。

千反田抵達時，我的手表指針正走到約定的一點半。狹小的店裡，千反田很快便發現了我，她穿著一身近乎純白的奶油色洋裝，倏地坐到我面前。除了這套便服，她身上沒有一處像是悉心打扮過。

「麻煩你出來眞不好意思。」

我不回她「沒關係」，而是自顧自一口喝光咖啡。老闆來幫千反田點餐，她看了看菜單，稚氣地說：

「請給我維也納可可。」

而我這手頭不寬裕的高中生並沒有加點。

進入正題前，千反田聊起她對這間咖啡店印象很好，我的回應是，來這間店卻不點咖啡，等於去上野動物園卻不看貓熊。千反田反駁了，還舉出一堆實例說明她對咖啡因多沒轍，這時，維也納可可送來了，頂層覆蓋著厚厚一層如小山般的鮮奶油，我很訝異，原來她是甜食掛的。

千反田拿起湯匙攪拌鮮奶油，一副很愉快的模樣。我真的頗擔心再這樣下去，她說不定喝過可可閒聊幾句之後就回家了，因此主動開口。

「所以呢？妳找我有什麼事？」

「啊？」

這是在神聖的星期日找人出來時應有的態度嗎？

「我問妳幹嘛把我叫來這裡啦！」

千反田安靜地啜了一口可可，小聲讚歎「眞好喝」，接著偏起頭說：

「我把你叫來這裡？選這間店的是你耶。」

「我要走了。」

「啊，等一下啦！」

千反田放下湯匙和杯子，正襟危坐。

「抱歉，我……有點緊張。」

她不慌不忙的態度看似冷靜，但經她這麼一說，確實，她的表情似乎有些僵硬。也對啦，既然她都說自己緊張了，顯然情況非比尋常。而受到她的影響，我不小心說出極不妥當的調侃：

「緊張？難不成妳要向我告白？」

話一出口我才發現，這種玩笑或許不適合對千反田說，急忙改口：「啊，不是啦……」不料千反田猶豫片刻後，竟然點了個頭。

這下子換我心情七上八下了。我心慌意亂地向老闆喊道：

「……再來一杯咖啡。」

千反田沒理會我的慌張，靜靜地說道：

「或許可以算是告白吧。折木同學，我有件事想請你幫忙。這是我的私事，其實不應該拜託你的。總之，你先聽我說好嗎？」

千反田不再盯著可可了。這樣啊……。雖然我不擅長應付嚴肅場面，仍回答她：

「喔，那妳說來聽聽吧。」

「好的。」

良久的沉默讓我緊張得想嚥口水，過了一會兒，千反田才慢吞吞地開口：

「……我有個舅舅，是我媽媽的哥哥，叫做關谷純，十年前去了馬來西亞，七年前下落不明。

「我小時候……，不，我現在也無法說自己已經不是小孩了……。總之十年前，我和舅舅很要好，在我的記憶中，無論我問什麼，舅舅都一定會回答我。我那時年紀還小，說話想必沒頭沒腦的，我也不記得自己問過他哪些事，只記得舅舅好像上天下地、無所不知。」

「他挺厲害的嘛。」

「我現在依然不知道他是真的學識淵博，或者只是純粹口才好。」她開了一個很像我會開的玩笑，露出淺笑。

「好，妳有舅舅，我也有兩、三個舅舅，雖然沒有哪個是下落不明的。妳到底要拜託我什麼？總不會叫我去馬來西亞找他吧？」

「不是。舅舅在孟加拉一帶失聯了，呃，就是印度。我想要拜託你的是……，我希望你能幫我想起舅舅告訴過我什麼。」

千反田只說到這，便停了下來。這個判斷非常正確，因為我還沒搞懂自己聽見了什麼。——千反田要問我她舅舅對她說過什麼？

「……別鬧了。」

「抱歉，我的敘述跳得太快了。我對舅舅的記憶都是在我很小的時候，所以現在幾乎都忘了，只有一件事令我印象特別深刻，而我想要回憶起來的，就是那件事。」

千反田把杯子拿到嘴邊，多半不是為了品嚐，而是因為講到口渴了吧。她稍微降低音量，繼續說：

「那時我還在讀幼稚園，不知從哪兒聽來舅舅是『古籍研究社』的。可能是這個詞念起來和我家的常備零嘴『醋昆布』很像（註），所以我對舅舅的古籍研究社起了興趣。」

古籍研究社、醋昆布，簡直是雙關語冷笑話，不過小孩子的好奇心原本就難以理解，何況這個小孩子長大之後根本就是好奇心的化身——千反田愛瑠。

「我從舅舅那兒聽說了很多『古籍研究社』的事，某天，我問了一個關於古籍研究社的問題。平時不管我問什麼，舅舅都會立刻回答的，但那次他卻不太願意回答我，我不高興地鬧了很久，舅舅才勉為其難地告訴我，而我聽到答案以後……」

「聽到以後？」

「……就哭了。不知是怕得大哭還是難過得大哭，後來似乎驚動了媽媽跑過來，我也不太記得這部分，只記得舅舅並沒有過來哄我。」

「他八成嚇到了。」

「我也不確定。或許吧。我一直記得這件事，隨著時光漸漸流逝……對了，是國中的時候，我開始感到好奇，那時舅舅為什麼不想回答我呢？為什麼沒有哄我呢？……折木同學，你怎麼想？」

她這麼一問，我試著整理目前掌握的狀況：那位體貼到不厭其煩地回答小孩子的問題，而且聰明到足以答出任何問題的人，為什麼唯獨那次拋下哭泣的小孩子不管？

答案很快就出來了。我不疾不徐地說：

「妳舅舅一定是說了什麼收不回的話，而因爲那件事非同小可，他也沒辦法哄哭泣的小孩說那是騙人的。」

千反田一聽，輕輕露出微笑。

「嗯，我也這麼想。」

她那雙大眼直勾勾地盯著我……。呃，咖啡還沒來嗎？

「正因爲如此，我更想記起當時聽到的事。能試的方法我全都試了，譬如潛入倉庫重現當時場景，也努力和日漸疏遠的關谷家多所往來。」

我明白她說的。這傢伙如果有想做的事，絕對會實踐到底。

「不過，到現在我還是彷彿籠罩在五里霧中，怎麼都想不起來……。這種狀況下，借用你的說詞，就是需要線索。」

「原來如此，這是妳選擇加入古籍研究社的『個人因素』嗎？」

千反田點了個頭。

「只是想不到古籍研究社面臨廢社危機。我並沒有把事情想像得很簡單，可是

註：「古籍研究社」原文做「古典部」，日語發音爲「kotenbu」；「醋昆布」原文做「酢こんぶ」，發音爲「sukonbu」。

也沒料到竟然連個打聽的對象都沒有。我還去過教職員室，但沒有一個老師知道三十三年前我舅舅還在神高就讀時的事。」

「那妳爲什麼找我幫忙？」

「因爲……」

千反田說到這頓了一下，老闆正好端來咖啡。滿臉鬍鬚的老闆以機械般的動作迅速收走空杯，擺上另一杯咖啡。老闆走後，千反田才彷彿突然想到似地啜了一口可可。

「……因爲地科教室反鎖的那次，還有伊原同學在圖書室提出疑點的時候，你都推理出我想不到的結論。我說這話或許有點厚臉皮……，我眞的覺得折木同學你一定能領著我找到答案。」

我發覺自己臉頰僵硬。

「妳太高估我了，那只能算靈光乍現，靠的是運氣。」

「即使如此，我也希望能仰賴你的運氣。」

「沒興趣。」

我怎麼可能有興趣。首先，我沒義務答應千反田處理這麼棘手的事；再說，萬一我拿不出成果，我一定會覺得愧對於她，爲幫不上忙而自責。這又不是輕鬆的考考腦筋，說得誇張點，這可是關係到千反田的人生觀，卻要我這個節能主義者來負責？簡直是開玩笑。

「爲什麼光找我一個？大可以找其他人吧？」

千反田睜大了眼。我沒多想她爲何有這種反應，繼續說道：

「妳可以採取人海戰術啊，去拜託里志、伊原和其他朋友不就得了？」

千反田沒有回答。我迂迴的拒絕令她陷入沉默。她微低著頭嘆了口氣，輕得幾乎讓人難以察覺，然後又沉默了片刻，才輕聲說道：

「折木同學，我不想到處宣傳自己的過去。」

「……」

「這件事不是對誰都能講的。」

我暗吃一驚。對耶，這是當然的。

千反田何苦特地在星期日把我找出來，如此費心製造一對一談話的機會？理由很簡單，因爲她不想讓太多人知道她舅舅的事，雖然我不知道原因爲何，但她只相信我一個，把事情告訴了我，而我竟然叫她去試試人海戰術。

雖說這種事傳出去並不丟臉，但任何人的心中都有祕密。

我感到臉頰發燙，不禁低下了頭。

「……對不起。」

千反田露出微笑，應該是原諒我了吧。

然後她又陷入沉默，意思是等我答覆，但我想不到該說些什麼。咖啡的熱氣在我們之間升騰，她那杯維也納可可沒在冒蒸氣，顯然已經涼掉了。

我握住杯子，或許是這個動作打破了緊張氣氛吧，千反田緊繃的神情爲之一緩。

「我想，這要求太任性了，我也知道不該把你扯進我的回憶，可是我……」

「……」

「或許是因爲，當你答出我的提問時……，我好像在你身上看見了舅舅的影子。你雖然遠比舅舅冷淡，卻願意回答我的問題，所以……。眞抱歉，我這樣是強人所難喔。」

「高中有三年，在這期間慢慢找就好了。要是眞的行不通，我也會幫妳的。」

但千反田緩緩搖著頭。

「我希望在舅舅死去之前想起他的事。那件他無論如何都不願對我粉飾的事實是什麼？他想告訴我的是什麼？我想帶著答案去參加他的葬禮。」

「妳說……在他死去之前？」

她這話說得眞奇怪，「死人」不可能再死一次，而「失蹤者」只是失蹤，並不是死了。

……不對。

失蹤者是會死的。

「我舅舅……關谷純已經失蹤七年了，你應該知道吧，失蹤七年在法律上即視爲死亡。……關谷家打算申請宣告『普通失蹤』，悄悄地舉辦葬禮，從此和舅舅劃清關係。」

千反田說完吁了一口氣，視線飄向窗外。我隨之往外看，外頭除了平凡無奇的街道，什麼都沒有。

我又喝了一口咖啡。千反田想說的話大概都說完了吧。

我沉思。

擁有一段想要喚醒的記憶，就代表那段記憶值得花費心力去回想起來吧。依我的個人信條來看，這實在怪透了。對於看到眼前危機只想躲開的我來說，完全無法體會回憶這玩意兒有多大意義。

但千反田卻執意想找回失落的過去。想想也對啦，她本來就會出於好奇而探索眼前的事，那麼會想探索過去也不奇怪。千反田想要找回過去，爲了向舅舅道別，或許更爲了自己。可是，假使她很不幸地無力實現這個目標……

我亂成一團的腦海中浮現姊姊信中的某句話——反正你也沒有其他打算吧？

……或許吧。本人奉太郎是個節能主義者，關乎自己的事，非必要的絕對不做。那我去幫別人做他們非做不可的事，應該沒有違背信條吧？

我放下咖啡杯，輕敲著杯身，收拾起猶豫的心情。厚厚的陶杯發出悶響。本來望著街景的千反田轉過頭注視我。彷彿要讓千反田銘記在心般，我緩緩地開口了：

「我沒辦法負起責任。」

「嗯？」

「所以我不說我答應妳的要求，可是我會把妳這些話放在心上，等妳找到有力的線索時，請務必告訴我。如果很難解讀，到時我一定幫妳。」

「……好。」

「如果這樣妳能接受，我就幫這個忙。」

千反田挺直上身，以四十五度角一鞠躬。

「謝謝。給你添麻煩了，但還是要請你多多幫忙。」

添麻煩啊……

我別過臉避開千反田的視線，微微笑了。我竟然沒有拒絕她的請求，連自己都大感意外。里志知道了會說什麼呢？我當然不打算告訴他，只是突然想到這一點。我想他一定會瞪大眼睛，爆出我從沒聽過的辭彙，淋漓盡致地表現出他的愕然，譬如「冷冰冰地一口拒絕才是我認識的奉太郎吧！」之類的。

到時，我該怎麼向他解釋呢？

我不理會仍在頻頻致謝的千反田，滿腦子想著這些事。可可已經涼透，我的第二杯咖啡也見底了。

五

其來有自的古籍研究社之封印

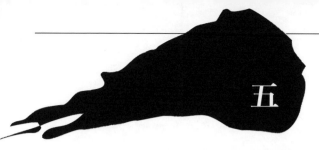

神山高中號稱升學學校，但校方爲提高升學率所付出的努力卻不符其名。一年只舉行一、兩次委託學測業者舉辦的模擬考，也不加強補習，在這世風之下實在顯得過於悠哉。

在這樣的神高裡，如期舉辦的唯有期中與期末考。就像「說到高中生活就會想到玫瑰色」一樣，說到學生的敵人，一般而言就是考試。社團活動禁令隨著第一學期期末考的到來，古籍研究社也停止了活動。這個社團一向無所事事，即使一如往常上社團也不會影響考試的準備，但這段期間鑰匙不外借，我想去也去不成。

而就在今天，期末考終於結束了。我躺在自己的床上，茫然地盯著天花板，純白的天花板和平時沒兩樣。

講到考試，古籍研究社社員的成績還挺有意思的。

首先是福部里志，這傢伙的無用知識明明很豐富，對課業卻沒有半點興趣，這次期末考成績還沒出來，我沒辦法說什麼，不過他的期中考成績相當糟糕，原因是他那陣子正忙著研究「日本人爲什麼不在日常生活中使用草書（里志稱之爲筆記體）」。對里志而言，要緊的只有他自己認定重要的事。說得直接點就是態度傲慢，以長遠眼光來看，甚至可說他愚蠢，但里志連這點也不在乎。要說他自由奔放又太抬舉他了，說穿了這傢伙根本是個博學白痴。

再來，原本隸屬漫研社、但爲了接近里志又加入古籍研究社的伊原摩耶花可說是勤勉型的好學生，由於經常檢視自己是否犯了錯，成績自然名列前茅，只不過她完全沒有孜孜不倦精進學業的念頭。簡言之，伊原的個性與一般定義的神經質稍有不同，或許該稱之爲完美主義者，她如此牙尖嘴利應該是那潔癖性格的另一種表現。她動不動就心生質疑，再三探問，而且她對自己想必也是如此。

再看到千反田愛瑠，她成績頂尖，校榜排名全學年第六。她並非汲汲營營地求好成績，而是對高中教育的內容感到不滿足。千反田說過，她想知道的不是部分零件，而是整個系統，我不太清楚這句話代表什麼意思，只是隱約感覺到這句話正好解釋了這位大小姐的異樣好奇心。譬如，她舅舅那件事或許可解釋爲：很想知道舅舅說過的話，藉此更完整地了解舅舅這整個系統。雖然「求知」原本就是這麼回事吧，但她卻是刻意地要求自己如此處世。

至於我嘛，平凡至極。

以名次來看，我在三百五十人之中排第一百七十五名，平均得像是個玩笑。我不像千反田基於好奇心而名列前茅，也不像里志擺明不甩課業而吊車尾，更不像伊原那樣不容許自己犯錯而力求進步。我並非完全不準備考試，但也不會準備得太認眞。偶爾會有人對我說「你眞是個怪人」，我只覺得這句話證明了他們沒有識人的眼光。我處於不高不低的程度，也不打算往上爬或往下掉。對了，里志常說：「講到過著灰色生活的人，我只會想到你呢。」

當然，這點不僅表現在課業方面，還包括社團活動、運動、興趣和戀愛……，說穿了就是本性。有句話叫「因小失大」，但常言也說「由小見大」。《廣辭苑》將來或許會記載「說到高中生活就會想到玫瑰色」吧，而玫瑰就是要開對地方才會變成玫瑰色啊。

所以問題只是出在我沒生長在合適的土壤上，如此而已。

我躺在床上漫無目的地想著這些，樓下傳來聲響，聽起來像是有東西落進信箱裡。

我下樓打開信箱一看，當場愣住。信封邊緣有著紅藍白斜紋，這是國際郵件，我用不著看寄件人就知道是誰寫來的了，因爲會寄國際郵件到折木家的一定是折木供惠。這回是從哪兒寄來的呢？……伊斯坦堡（註）？

我拆開信封，發現裡面有幾張信紙，其中一張是給我的。

折木奉太郎：

寒暄省略。

我目前在伊斯坦堡，但是由於出了點小差錯而躲在日本領事館，還沒能好好欣賞這兒的風光。

這個城市想必很有意思，如果能在這裡弄到時光機，我一定要回到歷史上的那一天鎖上城門，說不定能改變歷史呢。我雖然不是歷史學家，做些假想也挺不賴呀。

這趟旅程很有趣哦。十年後，我一定不會後悔有過這樣一段日子。

古籍研究社如何？社員增加了嗎？

假使只有你一人也不能氣餒哦！男孩子要忍受孤獨才會變得堅強。

要是有其他同伴就更好了，因爲男孩子還是得在人群中接受磨練的。

有件事我一直很掛念，所以向你提一下。

你（們）打算做社刊嗎？古籍研究社從前每到文化祭都會發行社刊，不知現在能否延續下去。

要做的話，我擔心你不知道該怎麼做，因爲圖書室裡並沒有保留古籍研究社的社刊。

你得去社辦找，那裡有個棄置不用的藥品櫃，舊刊就在裡面，那道號碼鎖已經

註：Istanbul，土耳其最大城市，曾是拜占庭帝國及鄂圖曼土耳其帝國的首都。

壞了，不需要密碼就能打開。

到了普利斯提納（註）我會再打電話回去。

折木供惠　筆

躲在日本領事館？姊姊，妳到底幹了什麼事啊？算了，我無須擔心，詳情她應該會寫在給爸爸的信裡。「普利斯提納」這個城市名字頗耳熟，我卻想不起來是在何時聽到的，不過既然是姊姊會去的地方，應該是無關緊要的古戰場之類的地方吧。

不過，後面那段是怎麼回事？我不禁嘆息。姊姊該不會握有我所不知道的情報網，始終監視著我吧？還是說，古籍研究社代代流傳著一則與舊刊相關的祕密？姊姊信上寫的一點也沒錯，我們的確在找舊刊，而且找不到。

雖然日前聽到的千反田私事可能也是原因之一，於公，她身爲古籍研究社社長，身負製作社刊的責任，因此之前當她得知圖書室沒有存放舊刊時，其實相當消沉。這麼看來，如果姊姊說的是眞的，舊刊就有著落了。

換句話說，把結果當作目標，以此爲目標得出結果的目標有望達成，這也表示麻煩事又將增加一樁，但我如果嫌麻煩而知情不報，未免太不近人情。一如往常，折木供惠的信再度打亂了我的生活。

我把信塞進衣架上的制服長褲口袋裡。

隔天一放學，我立刻前往社辦。社團活動禁令解除加上久違的晴朗天氣，讓各個社團都生氣勃勃。操場傳來各體育社團的吆喝聲，校內也處處可聞銅管樂社、輕音樂社、國樂社的練習曲旋律。雖然平時體育類社團比較引人注目，但在KANYA祭這一大盛會中擔綱主角的，還是五花八門的學藝類社團。放學後，學藝類社團聚集的專科大樓裡擠滿了人。

這棟專科大樓最上層角落的地科教室中，千反田和伊原已經到了。這兩人自從上次在圖書室初見面後，意氣相投，沒多久就打成一片。今天她們如常地對坐在窗邊聊天。兩人都提早換上了夏季制服，看上去十分清爽，伊原露出袖口的手臂是小麥色的，千反田則顯得白皙。陽光漸漸感染了夏天的毒辣，難道這位大小姐體內沒有黑色素？我豎耳傾聽她們的對話。

「也就是說，頁數是有一定限制的。」

註：Prishtina，科索沃共和國的首都。

「那我們的社刊能請妳幫忙嗎？」

「沒問題，我漫研那邊應該有門路。」

「那就麻煩妳了。」

她們在談社刊的事？還眞有心。

這時千反田突然全身繃緊，雙手遮臉。

「……」

怎麼了？

「……噗啾！」

原來是打噴嚏，她連這種時候都很含蓄。

「噗啾！噗啾！」

「妳、妳沒事吧？感冒了嗎？還是花粉症？」

「……啊，停下來了。身體這麼虛弱眞丟臉，我可能得了夏季感冒……」

喔，夏季感冒很難受的，難怪聽她講話有些鼻音。

總之，先出聲打招呼吧。

「嗨，千反田，伊原。」

「喔，折木同學。」

「伊原，妳漫研那邊沒事了嗎？」

「嗯，事情都告一段落了。怎麼？覺得我很礙事？」

爲什麼礙事？

算了。

我懶得拐彎抹角，所以直接切入正題，從口袋拿出姊姊的信。

「我姊姊以前也是古籍研究社的，她寫信告訴我舊刊的下落。」

千反田大吃一驚，似乎沒聽懂我的話。

「她告訴我古籍研究社的舊社刊收在哪裡。」我清晰地重複了一次。

「那……」千反田瞪大眼睛訝異不已，「是眞的嗎？」

「眞的啊，騙妳我又沒半點好處。」

聽我這麼一說，千反田的薄脣旋即勾勒出微笑的曲線。地位崇高的千反田家大小姐沒有所謂的開懷大笑，但若要說此刻是喜怒哀樂的哪種情緒，那無庸置疑確實是喜悅，我就算得到了很想要的東西也做不出這種表情吧。對照起她在「鳳梨三明治」咖啡店的凝重神情，很難相信這是同一個人。

「這樣啊，社刊……」我聽到她小聲地自言自語：「……嘿嘿嘿，舊刊……」

千反田愛瑠實在有些恐怖。

伊原則是皺起眉頭說：

「眞的嗎？爲什麼要特地寫信告訴你這種事……」

問得好。我也不覺得文化祭資料的存放位置重要到連人在伊斯坦堡都得特地寄信來告訴我，然而她是折木供惠，任何人都搞不懂她覺得哪些事情重要。

「反正她就寄信來了啊，我也不確定內容是眞是假。要看嗎？」

我把信攤開在一旁桌上，伊原和千反田一齊靠過來，兩人讀信時，社辦一片闃寂。先打破這片沉默的是千反田。

「……你姊姊喜歡土耳其啊？」

「她喜歡的大概是全世界。」

「好有趣的姊姊。」

信裡某些部分確實會讓人感到有趣，但該看的不是那裡。

「『十年後，我一定不會後悔有過這樣一段日子』……這句話帶了點憂鬱氣息呢。」

我同意，但該看的也不是那裡。

兩人繼續讀，然後相繼叫道：

「……藥品櫃？」

「是藥品櫃啊!?」

伊原環視地科教室一周，接著單手扠腰，微微挺起胸膛。

「嗯……，看來不在這間教室裡。」

「是啊。」

看就知道了，但這時千反田卻臉色大變。

「咦？那、那社刊……社刊……」

「小千，冷靜點。」

小千是哪位？既然不是我，那肯定是指千反田了。小千啊……，伊原把人家的名字也叫得太可愛了吧，她的毒舌難道不施展在千反田身上？也是，要對千反田口出惡言確實不容易。

我把姊姊的信拿給伊原正努力安撫著的千反田看。

「千反田，這封信上只寫了『社辦的藥品櫃』，我姊姊在兩年前畢業，社辦已經換過地方了吧。」

「喔喔……，這樣啊。」

「折木，你知道兩年前的社辦在哪嗎？」

安啦，我去教職員室辦事時順便打聽了。

「我問過顧問老師，聽說是生物教室。」

「你眞難得這麼周到。」

「我只是爲了提高效率。」

「眞勤勞。」

沒這回事，我平時絕不勤勞。

「生物教室……在樓下。好！我們快去吧！」

千反田說完立刻帶頭衝出教室。

勤勞的分明是這傢伙。

正如千反田所說，生物教室就在地科教室正下方。地科教室位於專科大樓四樓的角落，等於是神高最偏僻的邊陲地帶，所以生物教室雖然低一層樓，一樣是校舍的角落。先前我提過放學後的專科大樓裡到處是學生，但還是有例外，獨立於其他社辦的地科教室即是個人跡罕至的地方，而生物教室看來也一樣，走廊上人來人往十分熱鬧，但跨進生物教室和空教室這一區的，只有我們幾個。

千反田在途中不停地打噴嚏。

「感冒很嚴重嗎？」

「沒事的，只是噴嚏停不下來，呼吸有點困難……噗啾！」

哎喲，可是啊，我覺得噴嚏不痛快地打出來更教人鬱悶。從這點看來，她不愧是名門千金，非常注重儀態。

走在前面的伊原猛地回頭。

「折木，你有鑰匙嗎？」

「沒有，鑰匙被人借走了。」

「噗啾……借走了？那就表示有社團正在生物教室裡辦活動嘍？」

「只要不是哪個呆瓜遲遲不還鑰匙，顯然就是有人借用了這個場地吧。」

「怎麼說呆瓜……。折木同學，你說得太過分了。」

千反田教訓了我。要是連這種話都不能說，那里志和伊原豈不是沒辦法開口了？我苦笑著轉過頭正想回話，走廊牆邊有個東西竄入我的視野。什麼玩意兒？千反田和伊原似乎沒發現……。那是個小盒子，因爲它和走廊牆壁一樣是白色的，不太顯眼。我張望了一下，發現走廊另一頭也有相同的東西。是誰掉了東西嗎？但那不像貴重物品，所以我也懶得管。爲了撿價值不到一圓的東西而彎腰，只會耗費超過一圓的能量，這是任何節能主義者都具備的常識。

我們來到生物教室門前。千反田研判沒必要敲門，便直接握住門把，但是……

「……咦？」

門文風不動。

「打不開。」

「鎖住了吧。」

兩人的視線集中到我身上，那是千反田不安的視線，還有伊原冷淡的視線。看我幹嘛？

「我真的沒有鑰匙，不是我鎖的啦。」

接著換伊原拉門把，當然只傳出了撞擊門鎖發出的喀噠聲。巧得很，千反田講了我正想講的話——

「……又來了。」

是啊，又來了。

「小千，什麼又來了？」

「喔，四月時發生過類似的事……」

神高的門似乎喜歡和我還是千反田過不去。千反田對伊原述說著四月那件事時，我心想，沒鑰匙也無可奈何，不如改天再來吧。

「……事情經過就是這樣了。」

「哇，折木這麼有能耐啊？」

我打算走了，臨走前半開玩笑地朝門內喊道：

「有人在嗎——？」

我當然沒期待得到回音。

沒想到回音卻來了，不是人聲，而是鈍重的開鎖聲。

「咦？」

接著有人拉開了門。

門內站著一名穿薄T恤和制褲的男生，個頭很高、體格強壯，氣質不像運動員，比較像知識分子。男生看見我們胸前的學級徽章，客氣地笑了。

「啊，不好意思，我鎖了門。你們想加入壁報社嗎？」

搞什麼嘛，既然在裡面就早點開門啊。我這麼想，卻心口不一地說出另一句話：

「請問這裡是壁報社的社辦嗎？」

「是呀，你們不是來申請入社的嗎？」

男生走出教室時反手關上門，這時我聞到類似消毒酒精的味道，看來這位知識分子很講究地噴過了除臭劑。他好像不太喜歡我嗅聞的舉動，皺了皺眉，又隨即恢復笑臉。

「那你們有什麼事呢？」

我們互望了一眼，身爲社長的千反田往前踏出一步。

「你好，我們來自古籍研究社，我是社長千反田愛瑠。你是三年E班的遠垣內學長吧？」

這位遠垣內驚訝地皺起眉。

「妳怎麼知道我的名字？」

他問得很合理。突然被陌生人叫到名字，一般人都會覺得訝異，這正如同我在四月的某一天的心情，而千反田露出她當時也對我展露過的微笑。

「我們去年在萬人橋先生的家裡見過。」

「萬人橋……。等一下，妳姓千反田？莫非是神田的千反田？」

「是的，家父承蒙你們關照了。」

……哇，儼然像個小社交圈。千反田家族雖屬名門，畢竟是務農出身，我還以為應該不擅交際，看樣子並不見得。原來眞的存在從我成長的環境裡看不到的世界。對了，里志曾列舉過神山的名門望族，當中好像也包括了遠垣內家族。

「哪裡，彼此彼此。這樣啊，原來妳是千反田家的小姐啊。」

「是的……噗啾！」

「妳得了夏季感冒嗎？請多保重呀。」

說來奇怪，遠垣內一得知千反田來自「富農千反田家」，態度馬上變得很不自然，雖然還是一樣客氣，視線卻彷彿難以鎖定似地四處亂飄。難道他害怕千反田？我實在很難想像，不過名門之間或許眞有勢力大小之分。是我多心嗎？遠垣內彷彿有些垂著頭，不敢直視千反田。

「然後呢？你們有什麼事嗎？」

但千反田卻沒注意到遠垣內的異樣，答道：

「我們聽說古籍研究社的舊社刊存放在生物教室，因爲這裡以前是古籍研究社的社辦。」

「……嗯，我高一時好像是這樣，我們壁報社是去年才搬過來的。」

「那麼，請問你見過古籍研究社的社刊嗎？」

遠垣內頓一頓才回答：

「沒有。我沒看到。」

默默聽著他們對話的伊原對我使了個眼色，我輕輕點頭。只要具有一般程度的直覺，都察覺得出來遠垣內神色可疑。

「這樣啊……」

擁有超強記性和超弱直覺的千反田正想打退堂鼓，伊原插嘴道：

「學長，請問可不可以讓我們進貴社社辦找呢？」

「妳是？」

「我是古籍研究社的伊原摩耶花。我想古籍研究社社刊對學長而言不是重要東西，所以或許只是你沒注意到罷了。」

眼見成果即將到手，我不想讓一切白費，也幫腔說：

「我們會盡量不打擾學長你們的社團活動。還是說，貴社正在忙什麼？」

「拜託嘛。」

「請學長包涵。」

受到我們的連番進攻，遠垣內面有難色。

「現在不太方便讓外人進來……」

伊原笑著說道：

「可是學長，這裡不但是社辦，也是一般教室吧？」

我強忍笑意，因為伊原此話正迂迴地暗示遠垣內沒有權力阻止其他同學進教室。遠垣內還有最後一絲猶豫，但在伊原裝作若無其事地往前踏出一步之後，他終於屈服了。

「……好，進來找吧，不過請盡量不要到處亂翻。」

壁報社社長打開了生物教室的門。

生物教室內部格局和地科教室一模一樣，擺設也差不多，包括黑板、桌椅和掃除用具櫃，不同之處僅在於角落多了一扇門，門上的牌子寫著「生物教具室」。四樓同樣位置也有個倉庫，但倉庫門並不是開在教室裡。

怪的是，這裡是壁報社社辦，卻不見其他社員。我向遠垣內詢問這一點，他回答：

「我們社團總共有四人，不過今天社團沒有活動。我一個人在這裡是在想KANYA祭特輯的題材。」

KANYA祭將在十月開辦，離現在還有兩個半月。

「壁報社和校報社不一樣嗎？」

千反田提出有些離題的疑問，但遠垣內仍親切地回答：

「神高有三種報紙，一種是隔月分發到各教室的《清流》，一種是不定期張貼在學生會辦公室前面的《神高學生會報》，還有一種是每逢八月和十二月停刊的《神高月報》，也就是貼在校門口的月刊，我們社團製作的就是這個。」

「其他兩種是哪個單位製作的呢？」

「製作《清流》的是校報社，《神高學生會報》則是來自學生會。我們壁報社是當中歷史最悠久的發報單位，《神高月報》已經發行將近四百期了，其他兩種報紙都還不到一百期。」

四百期月報啊……，眞可說是淵遠流長，而壁報社的歷史也是。我仔細一想，千反田的舅舅在三十三年前是古籍研究社的社員，這代表古籍研究社的歷史少說也有三十三年了，我的人生閱歷再增加一倍也比不上古籍研究社的年代久遠啊。嗯，不過那也無關緊要就是了。

「看來不在這間教室裡呢。」

伊原大致環視過一周，做出了結論。生物教室裡東西不多，幾乎沒有死角，而且檢視的是行事謹愼的伊原，想必不可能看漏。這麼說來，只可能在角落的教具室裡了，我一邊轉身朝向教具室的門一邊問遠垣內：

「請問方便讓我們進教具室找嗎？」

「……喔，可以啊。」

遠垣內的聲音從我背後傳來。我走進教具室，傳入耳中的卻是紙張摩擦般的沙沙聲以及馬達聲響，怎麼回事？

裡頭就像一般的教具室，是個小房間，面積不到生物教室的三分之一。這兒原本應該是用來存放生物課的教學器材的，但現在只有櫃子裡還收著幾架顯微鏡。若非神高特別重視口頭講課，就是另有其他放置觀察器材和實驗器材的地方了，眼前反而是壁報社的各式用具喧賓奪主地占據了此處。

包括連外行人都看得出其價值不菲的照相機、插著五顏六色各式筆桿的筆筒、疊著雜亂影印紙的紙箱、小型揚聲器，最醒目的則是坐鎮在狹小房間正中央的克難桌子。說是桌子，其實只是拿紙箱疊成底座再蓋上略厚的三夾板製成的簡陋成品。桌上攤著一張B1全開壁報紙，寫滿了只有書寫者才看得懂的簡寫字，一個頗具分量的鐵鉛筆盒壓在上面。我聽見的沙沙聲就是這張紙被風吹動的聲響。

風？

室內吹著風。窗戶只開了一扇，風由室內往窗外吹，風源則是一座持續發出嗡嗡馬達聲的東西——隔著克難桌子，與窗戶相對的一側擺著一臺小電扇，位於層層疊疊的紙箱之間，一眼望去不易發現，電扇風力開到最強。

風吹動的東西還有一件，那就是披在窗邊的神高男學生夏季襯衫，似乎是脫下便隨手扔在那兒的。

「……？」

「折木，如何？」

我回頭一看，千反田和伊原正站在教具室門口。

啊，對了，要先找藥品櫃。

話雖如此，在這個又亂又狹小的教具室裡，不用找也知道，此處並沒有任何可能是藥品櫃的東西。即使那個藥品櫃是老到鎖都壞了的舊式櫃子，體積也應該相當龐大，若眞的擺在這裡，我絕不可能沒發現。

唔……

遠垣內環抱雙臂站在一段距離之外緊盯著我們。我問他：

「學長，你知不知道去年爲什麼會換社辦呢？」

「我不清楚，可能是因爲有幾個社團廢社了吧。」

「請問你們社團搬來這裡的時候，曾經移入或移出什麼東西嗎？」

遠垣內想了一下才說：

「……我記得搬了幾個紙箱進來。」

「紙箱？」

「是啊。」

這樣啊……。若是如此，我想的應該沒錯。我不記得遠垣內家族是哪方面的名門，不過從他家的情況來看，我的假設極有可能成立。

我已大致掌握社刊的所在之處了，但要怎麼到手還是個難題……。對了，來套他話吧。我轉身再度望向遠垣內。

「學長，這裡東西太多了，找起來很費工夫。如果學長你同意，我想找大出老師一起來徹底搜索一下，可以嗎？」我極力裝出認真的態度說道。

遠垣內頓時眉毛一挑。

「……不行，我不是說過不能到處亂翻嗎？」

「我會負責把所有東西歸位的，還請學長多多包涵。」

「我都說不行了啊！」他突然提高音量大吼。

「啊，遠垣內學長，眞的很抱歉。我們知道了，找不到也沒辦法啦。」

千反田帶著鼻音努力打圓場，但遠垣內的聲調依然逐漸升高。

「我可是很忙的，明天的編輯會議之前，我非想出點子不可，現在好不容易有點靈感，你們卻突然闖進來，還說什麼要徹底搜索！這裡沒有你們的社刊啦！快給我滾！」

相對於遠垣內的激動態度，我的心底卻是冷靜至極且了然於胸——我的圈套不偏不倚地套中了他。

我凝視著遠垣內，拉起嘴角擺出友善的笑臉。

「學長，我們有興趣的是放在藥品櫃裡面的東西。」

「……那又怎樣？」

「社刊應該在藥品櫃裡。不過，既然學長說沒有，那也沒辦法了。只要找到那樣東西，我們也不會一直來打擾學長的。」

接著我又目中無人地補上一句話，自己都覺得好笑。

「對了，學長，我們等一下要去圖書室辦事，如果我們離開之後，你找到了社刊，請幫我們送到地科教室去好嗎？教室門沒有鎖。」

遠垣內聽到我的請求，似乎大動肝火，那張理性的面容變得猙獰，雙眼惡狠狠地瞪著我。我不以為意地視若無睹，反正古今中外從來沒有人因視線而受傷。

「你、你竟然叫我……」

「我怎麼了？」

遠垣內把話吞了回去，好強的自制力。

他呼了一口氣，臉上又恢復先前的和善表情。

「好吧，如果我找到就送過去。」

「麻煩學長了。千反田、伊原，我們走吧。」

這兩人一臉呆滯，想必還沒搞懂我和遠垣內之間的對話。我催著她們快走，此地不宜久留。

「晚點再說吧。」

「折木同學，現在是怎麼回事？」

「等等啦，折木！」

我簡短說完便拉著她們兩人走出生物教室。

這時身後傳來遠垣內的聲音。

「一年級的，我還不知道你的名字。」

我回過頭，懶懶地答道：

「我叫折木奉太郎。……很抱歉冒犯了學長。」

我站在連接專科大樓和普通大樓的走道上，隨意倚著牆，同時叫跟來的兩人在這裡稍待片刻。

「折木，你在搞什麼鬼，現在不是要去圖書室嗎？」

我揮了揮手。

「沒有啦，不需要跑那麼遠。」

「眞搞不懂你。既然不去就回社辦啊。」

「不行，要再等一下。」

伊原八成無法釋懷吧，但她只是低聲嘟囔著「你一定在耍什麼詭計」，還是乖乖照我的話做。抽著鼻子的千反田倒是質問起我來了：

「折木同學，你爲什麼要惹遠垣內學長生氣？」

「有嗎？」

「我們要做社刊，確實需要舊刊，可是也不該勉強人家……」

「那樣算勉強嗎？我拜託他的事都在合理的範圍內哦。」

千反田想了想，也無言反駁。這也難怪，因爲我提出的要求只有「讓我們進去找東西」和「找到就送過來」這兩點。

「可是，遠垣內學長分明生氣了……」

「是呀，生氣了呢。」

站在千反田身旁的伊原輕輕皺起眉頭。

「可是折木請他讓我們徹底搜索那間小房間的時候，感覺他生氣的態度是裝出來的。」

喔？伊原發現啦？

「是嗎？」

千反田果然沒發現。

倚牆而立的我看向掛在走廊上的時鐘，已經過了三分鐘……。應該夠了吧。我站直身子問千反田：

「千反田，遠垣內他家是哪方面的名門？」

千反田歪著腦袋，似乎想問我爲何這樣問，但仍先回答：

「遠垣內家族對中等教育很有影響力，家族成員中有一人在縣教育委員會，一人在市教育委員會，還有一位校長、兩位現任教師。」

嗯，這也難怪了。

「折木，那社刊怎麼辦？」

我答道：

「應該送到社辦了哦。」

此話一出，千反田和伊原面面相覷。我淡淡地笑了。

我們回到地科教室。

「喔，已經送來了。」

成功了！講桌上疊著幾十本類似薄筆記本的東西，我不由得喊出「很好」，計謀進行得這麼順利，眞痛快。

「你說送來了？不會吧……」

伊原衝上講臺，拿起那疊書山最上面的一本，一臉茫然地說：

「眞的是社刊耶……」

「咦？眞的嗎？也讓我看看！」

「折木，你是怎麼辦到的？你到底知道了什麼？」

伊原的語氣很嚴肅，簡直像在譴責我。再讓她們困惑下去也太惡劣了，於是我往一旁的桌上一坐。

「沒什麼，我只是稍微威脅了他一下。」

「威脅？你威脅了壁報社的社長？」

「是啊。伊原，妳的口風夠緊嗎？」

伊原聽了立即臉色一沉。

「我是覺得自己不算多嘴啦。」

「眞不可靠。遠垣內可是寧願受高一生使喚也要死守這個祕密的，若是被妳洩漏出去，他就太可憐了。」

「我不會告訴任何人的。……你不相信我就別說算了。」伊原惱怒地說道。

這態度不是裝出來的，伊原與千反田不同，沒把好奇心看得那麼重，如果聽我說明會造成麻煩，她寧可不聽。她的個性就是這麼乾脆。

算了，我只是想把醜話說在前頭，我相信伊原和千反田都不是多嘴的人。

「抱歉抱歉，我說啦。伊原，妳不覺得奇怪嗎？遠垣內為什麼要鎖上社辦？」

伊原的表情依然冷漠。

「大概是不想被人打擾吧，他不是說他在籌備特輯的內容嗎？」

「那教具室又怎麼說？窗戶開著，風扇也開著。」

「他覺得熱吧。」

「怕熱的話，把風扇擺在窗邊就好啦，可是風扇卻放在遠離窗戶的另一頭，要是那個鐵鉛筆盒稍微移開一點，桌上的壁報紙就會被吹走哦。」

伊原焦躁地搔了搔頭。

「所以你到底想說什麼啦？」

「妳還沒搞懂遠垣內在幹什麼嗎？」

「你講了這麼多，我當然知道，不就是通風嗎？他想讓室內的空氣流通啊。」

我豎起拇指，表示對伊原的稱許，受到誇獎的伊原卻完全不領情地轉開視線。

「那他爲什麼要讓空氣流通呢？說得詳細點，爲什麼出身教育界泰斗家族的遠垣內會一個人躲在鎖上的社辦裡，還安裝了紅外線感應器？」

「等、等一下！什麼紅外線感應器？你是不是間諜小說看太多啦？」

啊，我還沒講到那點嗎？

「妳沒看過玩具店的廣告嗎？這年頭要買紅外線阻斷的警鈴裝置，五千圓還有找咧。」

「你在哪兒看到那東西？」

「三樓快到壁報社和空教室那一區的走廊邊上有兩個小盒子，還漆成和牆面一樣的白色做僞裝。光看這點可能猜不出什麼，但再加上其他狀況證據以及教具室裡的揚聲器，就大致推論得出是怎麼回事了。」

伊原皺緊眉頭。

「你果然是怪人。」

「妳是在說我這再標準不過的平凡人嗎？……我剛剛講到哪？啊，對了，他裝設紅外線感應器以提早發現有人接近，而且不顧壁報紙可能飛走也要讓房間通風，這是爲了什麼呢？伊原？」

伊原聽到我的問題便陷入沉思，我在一旁靜靜地等著。

過了好一陣子，她一反平日毒舌，以輕柔語氣回答：

「……味道嗎？」

我輕輕拍了拍手。

「沒錯，最合理的答案就是消除味道。照這樣看來，他身上有除臭劑的酒精味也不是因爲愛乾淨了。那麼他刻意消除的味道是什麼呢？他也不像碰了什麼藥吧？」

「所以是……」

「沒錯，我認為就是香菸。這麼費盡心思抽菸實在很詭異，但考慮到遠垣內是個名門公子，他確實極有可能拚命隱瞞自己的違規行為，更何況他家又與高中教育界息息相關。現在這個時代，醫生、老師、警察連打個呵欠都會遭到抨擊的。」

「……原來如此。他過得還眞辛苦啊。」

的確，我也這麼覺得，一旦處境不同，害怕的事也不同呢。回頭想想，遠垣內發現千反田就是名門千反田家的小姐時，那麼慌張，多半是怕萬一自己的行徑在同為名門望族的人面前曝光，後果會更嚴重。或者他知道千反田的感官很敏銳？如果千反田沒有感冒，嗅覺如常，不管遠垣內再怎麼努力通風除臭，甚至脫去了上衣以防萬一，她也一定能看穿眞相。

「嗯，我也不明白他為什麼寧可做到這種程度也要在學校抽菸啦。總之就是這麼回事，妳明白了吧？」我說道。

但伊原的眼神卻變了。哇！原形畢露了，好冰冷的視線！

「我又沒問你遠垣內學長在做什麼，是在問社刊為什麼在這裡啦。我知道你以抽菸一事威脅學長送社刊來，但學長為什麼要藏社刊？東西到底是收在哪裡？」

對耶，我都忘了。

我直截了當地回答：「在藥品櫃裡面啊。」

「折木，你在耍我嗎？」

「我、我哪有耍妳啊？重點是藥品櫃在何處。遠垣內說換社辦的時候只有搬進紙箱，這點他沒道理說謊，所以應該沒錯，藥品櫃一定還在那個房間裡。」

「……就明明沒有嘛。」

「不是沒有，是沒看到，他把藥品櫃也藏起來了。……不，他要藏的就是藥品櫃，而非社刊。」

我等伊原完全理解這句話的意思之後才繼續講。

「以結果來看，也可說他藏起社刊啦。至於他爲什麼要藏藥品櫃，當然也和香菸有關。那個房間看不到香菸、打火機和菸灰缸，這些東西應該都收在藥品櫃裡。我說要『找大出老師一起來』搜索這個房間時，妳看到遠垣內的表情了嗎？其實藥品櫃在哪不重要，我想多半就在那張臨時桌子下方吧，所以他才會拿紙箱圍住。」

講完之後，我嘆了口氣。

我對遠垣內做了壞事。我並非存心欺負他，卻拆穿了他想隱瞞的事。每個人都有自己的苦衷，我抓住這點威脅人家，實在有些惡劣。也罷，希望他想開點，當作自己運氣不好就算了。

我沒搭理口中還在念念有詞的伊原，因爲，原本應該最開心的人卻很安靜，於是我回過頭去喊了她：

「千反田？」

千反田正望著講桌上的社刊，並沒有伸手去翻，只是專心一意地盯著封面，那認真的目光讓我想起上次在「鳳梨三明治」會面的情況。看她這副模樣，鐵定完全沒聽進我剛剛說的話。

「千反田，妳怎麼了？」

我開口叫她，她仍充耳不聞，我只好站起來過去拍拍她的肩膀。

「發生什麼事了？」

「啊，折木同學……。你看這個。」

千反田把社刊遞給我。

那本社刊的長寬近似大學筆記本，頁數不多，以普通的騎馬釘裝訂，但製作得十分美觀，應該是特地交代過印刷廠的。封面是皮革般的淺褐色，以類似〈鳥獸戲畫〉（註）的變形水墨畫風格畫了狗和兔子。

畫上是一群兔子圍成一圈，圈內有一隻狗和兔子在互咬。狗的牙齒把兔子咬得遍體鱗傷，兔子銳利的門牙也深深刺進狗的脖子。拜這變形畫風所賜，畫面不至於血腥，但滑稽之中仍帶有恐怖的氣息。有句話說「狡兔死，走狗烹」，這張圖則是狡兔與狗互鬥，而圍繞在外的兔子們模樣可愛地看著這幅光景……

圖的上方以平凡無奇的明體字印上「冰菓　第二期」，發行年份為一九六八年。好古老，而且這個標題……

「冰菓……」

這是社刊的名字？

「好怪的名字。」

伊原探過我的肩頭望向封面，丟來一句話：

「沒錯，這名字眞是莫名其妙。」

聽到「KANYA祭」這名詞時，我就想過，事物的命名都有其意義，尤其像社刊這樣必須取名的東西，名稱和內容一定有很深的關係，但我怎麼都想不出「古籍研究社社刊」和「冰菓」之間有什麼關聯。就算古籍研究社是個目的不詳的神祕社團，這名字也太莫名其妙了。

我指著封面上的圖畫問伊原：

「關於這個封面，以妳漫研社社員的角度來看，妳怎麼想？」

「畫得很好啊。雖然它完全不講究基本構圖和遠近法，我還是覺得畫得很

註：日本知名國寶級古畫，繪有蛙、兔、猴等動物的擬人戲耍情景。

好。……不，不能說畫得好不好，只是我個人很喜歡吧。」

眞意外，我原本以爲伊原絕不可能坦率地表達自己的好惡，但這也表示這封面給她的印象非常好吧，不過伊原似乎不容許自己以一句「喜歡」簡單帶過，她把《冰菓》還給我，開始低聲地自我剖析。

「唔……，該說是喜歡嗎？這圖又不漂亮……，雖然很有氣魄，但並非繪畫技巧有多好，而是在於表現手法……」

我回頭看向千反田，本來以爲她得到心心念念的舊刊一定會感動得發抖，結果並沒有。看不出她是喜是憂，始終面無表情，好像感情全被吸血鬼吸走了。

我又問了一次：

「千反田，妳說這東西怎麼了？」

千反田把我拉到教室角落。

「就是這個。」

「什麼？」

大小姐略顯陰沉的臉龐籠罩在橘色陽光下，表情依然溫婉，眼中卻不見好奇的光輝。她有如揭密似地輕聲說道：

「這本我看過，舅舅拿給我看的就是這個。我曾經拿著這期社刊去問舅舅這是什麼。」

喔？

「妳想起來了嗎？」

千反田沒有回答，卻指著我手上的《冰菓　第二期》。

「這本書提到了舅舅。古籍研究社在三十三年前發生過某件事。……你翻開封面看看。」

我照她說的翻開一頁，上頭刊載著序文，內容如下：

序

又到了文化祭。

關谷學長離開至今已有一年。

經過這一年，學長由英雄變成了傳說，而今年的文化祭依然盛大地舉辦了五天。

然而，在傳說傳得沸沸揚揚的校舍一角，我卻想著：十年後，還有誰記得那位安靜的鬥士、溫和的英雄？最後會不會只留下學長命名的這本《冰菓》呢？

爭執、犧牲，連學長當時的微笑，都將被沖向時間的另一頭。

不，這樣才好，無須記住，因為那絕不是英雄事蹟。

一切都將不再主觀，在悠長歷史的遠方化為古籍的一頁。

而有朝一日，現在的我們也將成為未來某人手中古籍的一頁吧。

一九六八年　十月十三日
郡山養子

「這是……」

「這裡提及的『去年』是三十三年前，所以『古籍研究社的關谷學長』指的就是我舅舅了。舅舅當年碰上了某件事，而且他告訴我的事與古籍研究社有關……」

我露出笑容，完全沒顧慮到千反田爲什麼沒笑。

「那不是很好嗎？事情都解決了。」

聽到我這句話，千反田的表情倏地由木然轉爲黯淡。她擠出細微的聲音說：

「可是我想不起來。明明只差那麼一點，就只差一點了！我的記性眞的這麼差嗎？那天舅舅對我說了什麼？他在三十三年前到底發生了什麼事？」

她細微不清的悶聲不知是鼻音還是哽咽。

千反田……

我開口了：

「那就去調查啊。」

這不是冷漠的語氣。

背朝夕陽的千反田遞給我的《冰菓　第二期》裡有篇三十三年前的序文，文中提到關谷純幫社刊取了「冰菓」這種怪名字，以及他有一起遭人遺忘的事蹟。

這是好的轉機，是在黑暗中摸索時從天而降的光芒。而且我深信，千反田若想找回過去，這是唯一的一條線索了。

於是，我又說了一次：

「就調查看看吧，去查出三十三年前的事。」

「可是……」千反田眉頭深鎖，「上面寫了『無須記住』。」

她的膽怯令我意外。

「妳不是想記起來嗎？」

「我很想啊，不過，再調查下去的話……」她吞吞吐吐地說：「……再調查下去的話，說不定會發生不幸。有些事情，還是忘記比較好。不是嗎？」

「……」千反田，妳會不會太體貼了？「連三十三年前的事也不能觸碰嗎？」

「不是這樣嗎？」

我搖頭。

「當然不是，這裡不是寫了嗎？『一切都將不再主觀，在悠長歷史的遠方化爲古籍的一頁。』」

「……」

「這就表示，那件事已經過了時效啦。」

我刻意擠出笑容。千反田沒跟著笑，但也緩緩點頭。

「……好，我明白了。」

還不止呢。

我的臉上堆出笑容，內心也在竊笑。沒錯，不止這樣，因爲說是要調查，其實花不了多少工夫。既然第二期指出事情發生在「去年」，關谷所遭遇的事必定會被記錄在創刊號裡頭，很快就能查出來了。當解決麻煩比逃避麻煩還簡單的時候，該選擇哪邊，自然不言而喻。

……但我這想法太天眞了。默默翻著那疊社刊好一陣子的伊原突然忿忿地喊道：

「搞什麼鬼嘛，竟然沒有創刊號！」

我過了好一會兒才意會過來這句話的意思。

六

綻放榮光的古籍研究社之過往

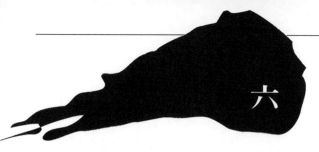

暑假，七月底，我沿著熟悉的道路踩著腳踏車前往神高。這段路徒步需二十分鐘，騎腳踏車則要不了多久。我一如往常在途中的自動販賣機買了罐裝黑咖啡，小歇片刻，然後循著河畔前行一段路，一彎進醫院旁的巷道，神高便出現在正前方，下一秒，我不禁愣在當場。

現在還是暑假耶。

操場上到處是身穿夏季制服的學生在組裝大型道具，聽得見管樂器、電吉他、尺八（註二）的演奏旋律，專科大樓裡的學生多到我在這麼遠的距離之外都看得出來，至於他們的目的，不用說，當然是KANYA祭。看著眼前的生氣蓬勃，我也感受得到，神高到了暑假，的確更活潑了，校舍裡蟻群鑽動般的情景有如宣告著：

「來準備吧！文化祭快到了！趁沒有課業干擾的時候，一鼓作氣地做足準備吧！」

我望著那些精力充沛的學生們好一陣子，才看見有個人從校門口小跑步過來。那是福部里志。一身便服的他，短袖短褲配小登山包，打扮相當休閒。

「喲。」

「不好意思啦——，你等很久了嗎？」

在中庭練習發聲的學生都被里志噁心的語氣嚇得轉頭望過來，一時之間我眞想當場騎著腳踏車逃走，還是勉強忍住，朝著跑近的里志抬腳一踹。

「哇！奉太郎，你幹嘛啦？突然來這一下，太危險了吧。」

「少廢話，難道你沒有羞恥心和維持善良風俗的意識嗎？」

里志聳聳肩。

想必他眞的沒有。

「對不起嘛，手工藝社開會拖太久了。」

「你們要搞什麼活動？」

「今年的KANYA祭呀，我們手工藝社要製作曼荼羅（註二）繡帳，但出了一點狀況，所以剛剛在召開會議討論對策。」

還眞辛苦。不止里志，也包括之前遇到的遠垣內，以及此刻在這兒的上百位神高學生。

「然後呢？你的資料準備好了嗎？」我潑冷水似地說。

里志把問題原封不動地丟回來。

「你自己又如何？你很少參與這種事，有辦法做出貢獻嗎？」

我不滿地想著明明是我先問的，同時回答：

「嗯，多少準備了一些資料啦。」

註一：一尺八寸長的直笛。

註二：表現佛教世界宇宙秩序的幾何圖形。

「喔？真稀奇，我還以為你一定會想辦法蒙混過去呢……。我去牽腳踏車，等我一下。」

里志丟下這句失禮的話，便往停車場跑去。

為什麼我在寶貴的暑假裡除了睡大頭覺還得做別的事？而且還是來等里志這種苦差事？要解釋來龍去脈，得把時間倒轉到一週前，也就是我們拿到《冰菓》、發現有關關谷純的訊息，卻找不到關鍵的創刊號的那一天。沒有創刊號，情況就截然不同了，我想抽手也已經來不及，我早已不自覺地跨越無法回頭的界線。

我知道自己一定說服不了激進派千反田，所以提出妥協方案——真要調查過去，只靠我們兩人絕對不夠，古人也說「三個臭皮匠勝過一個諸葛亮」，至少得找里志和伊原來幫忙，否則調查行動恐怕很難有所斬獲。

千反田很乾脆地點頭贊同。

「也只能這樣了。」

她在「鳳梨三明治」的時候明明那麼反對人海戰術，現在卻爽快地答應了，真令人摸不著頭緒。是因為她很清楚尋求援助的重要性？還是眼睜睜看著線索擺在眼前，她也顧不得顏面了？又或者只是出於大小姐反覆無常的個性？我沒有結論，總之古籍研究社隔天立刻召開了緊急會議。

在會議中，千反田簡明扼要地說了一次我聽過的那些事，然後表明：

「我很好奇，我舅舅在三十三年前究竟發生了什麼事？」

伊原馬上同意協助調查，還附和說：

「我對社刊的封面很感興趣，要是我們解讀出那幅畫的意義，或許也能用在漫研社的社刊上呢。」

里志也說：

「讓我們這些三十三年後的學弟妹來破解捏造的英雄事蹟嗎……？剛好，我最近正在調查那個年代的事。」

所有人都舉雙手贊成。我知道自己絕對沒有否決權而懶得發言，不過既然有這機會，還是試著說了：

「反正這期社刊的主題還沒決定，要是調查有了結果，我們就刪去當中有關千反田的私事部分之後，直接把這段事蹟拿來當題材吧，這樣多省事……不，是一石二鳥……呃，不，是能夠做出一本精采的社刊。」

這個積極、進取又符合節能精神的提議得到全場一致認同，所以調查三十三年前的古籍研究社和神山高中便成了我們古籍研究社全體社員的首要課題。

里志的腳踏車是越野車款。他一穿上短褲，看得出雙腿都是肌肉，不太符合他纖瘦矮小的整體形象。我非常清楚，里志在學識方面很多元，但在運動方面卻獨鍾騎腳踏車。

順帶一提，我的腳踏車是所謂的淑女車，不需多加著墨。

我們沿著河邊道路朝上游騎去，穿越住宅區，來到住宅之間的農田地帶暫時停車，到菸攤屋簷下躲避火辣的陽光。我拿出背包裡的毛巾擦汗，稍事休息。

——啊啊，這汗流得眞暢快！

我才不會有這種想法。我只覺得，搞不懂人類爲什麼不採取行動就無法達到目的。正所謂「線索革命尚未成功，同志仍須爲我努力」嗎？

「里志，還很遠嗎？」

里志把手帕塞回口袋，答道：

「嗯，大概還要十分鐘。當然是以你的速度而言嘍。」然後他笑著說：「你看了一定會嚇一大跳哦，富農千反田的宅第在整個神山可是數一數二的。」

那眞教人期待呢，我一定要問問打掃起來有多辛苦。我再次擦汗之後，把毛巾丟進籃子，跨上車。

出發後，負責帶路的里志立刻抄到前面，後來又過了幾個路口，接下來大概只要直走吧，只見里志放慢速度，和我並肩騎了好一陣子。道路兩旁都是田地。

里志輕輕鬆鬆踩著踏板，心情好到哼起歌來。他平日的一號表情就是微笑，不過今天似乎更愉悅。看到他這樣子，我突然很想問個明白。

「里志。」

「嗯？」

「你好像很開心嘛。」

里志沒轉頭看我，快活地回答：

「當然開心，騎車是我的興趣呀。藍天！白雲！這麼說雖然老套，卻沒有更貼切的說法足以形容在這樣的天空底下，憑藉著自己的腳力向前奔馳的那無可比擬的快感——」

我硬是打斷里志的話。

「不，我是指你的高中生活。」

里志頓時露出一臉掃興。

「喔……，你要聊『玫瑰色』的事啊？」

虧他還記得，那已經是三個月前的事了。里志騎車的速度彷彿放慢了些，但他仍面向前方，繼續說：

「奉太郎，我啊，不管外在環境怎樣，我的基本屬性都是玫瑰色的喲。」

「我看是豔桃紅吧。」

「哈哈，那顏色不錯。至於你嘛，應該是灰色吧。」

「這你早就說過了。」

我的語氣冷淡且平板。

里志卻是神情自若，看來沒放在心上。

「有嗎？那我應該沒說過這句吧——我說你灰色，並沒有瞧不起你的意思。」

「……」

「好比說我的基本屬性是豔桃紅好了，那麼誰都沒辦法把我染成玫瑰色。我不會允許別人把我染色的。」

我對著他的笑臉調侃道：

「是嗎？該不會已經被染色了吧？」

「才沒有咧！」里志以驚人的強烈語氣反駁，「什麼嘛，奉太郎，是因爲我身兼總務委員和手工藝社社員而大爲活躍你才這樣說嗎？別開玩笑了，幫忙訂立KANYA祭日程表和製作曼荼羅繡帳我都有興趣，否則誰會在暑假的星期天放棄騎車的快感跑來學校啊？」

「沒興趣的話，你會蹺掉嗎？」

「如果是社交上的必要，我還是會現身竭盡一己的技能和勞力啦。是說你也差不了多少吧？就算有人舉著旗子指揮說『全體變成玫瑰色！』你一樣是那副灰色模樣，不可能變成玫瑰色的。」他頓了一頓，接著以十分平靜的語氣說：「我若眞要話中帶刺瞧不起你，我會說你是無色的。」

里志說完便閉口不語了。我全身沐浴在陽光下，腦中消化著里志說的話。

「……」然後我板起了臉，「我又不在乎你瞧不瞧得起我。」

「你說的一點兒也沒錯。」里志又笑了起來，接著說道：「奉太郎，看見了！那就是千反田家！」

建於遼闊農地之間的千反田家確實配得上宅第之稱，日式平房圍著樹籬，庭院傳來潺潺水聲，應該是設有水池吧，不過從外面只看得見修剪得整整齊齊的松樹，敞開的大門前方地上灑了水。

「如何？很氣派吧？」

里志挺起胸膛，彷彿在炫耀自己的東西。很不巧，我沒有鑑賞日式建築的品味，說不出這宅第氣派到什麼程度，只覺得它沒有刻意營造出富麗高雅這點十分可取。

欣賞建築庭園也該適可而止，我看了看手表，離約好的時間還有……不，我們已經遲到一些了。

「走吧，千反田他們在等了。」

「啊，對了。……奉太郎。」

「怎麼了？」

「你不覺得應該有傭人出來迎接嗎？」

我沒理睬他，自顧自地走進大門，踩著踏腳石，摁了玄關外的門鈴。

「……來了！」

稍待片刻，開門走出來的正是千反田愛瑠。她的夏季感冒已完全康復，聲音如往常清亮，頭髮隨興披垂，嫩綠色的洋裝也頗適合她。

「讓你們久等了。」

我聽到里志小聲地咂了個嘴，八成很不滿沒有傭人出門相迎。

我們在鋪石的玄關口脫了鞋子，千反田領我們走進鋪木地板的走廊。

「你們的腳踏車停在哪裡？」

「該停在哪裡？」

「停哪都行呀。」

那妳何必問？

我們跟著她來到兩側紙門敞開通風的涼爽房間，挑高的天花板更是令人感到涼快，面積……大概有五坪吧。

「你們很慢耶！」

伊原先到了，只有她穿著制服，可能是去了趟學校處理公務。屋內微微散發著光澤的焦褐色桌面上早已擺了一些資料，大概是伊原帶來的，沒想到她挺有幹勁的嘛。

「請隨便找地方坐。」

千反田催促著，於是我在伊原的對面坐下，而千反田坐過去下座（註一），里志只好坐了唯一空著的上座（註二），像他這麼不適合坐在壁龕前的男生還眞少見。里志從自己的束口袋裡拿出幾張影印紙，我也拉開斜背包的拉鍊，拿出消耗掉我好些體力影印來的資料。伊原已經準備完畢，正把玩著筆桿，千反田則是將裝著一疊紙張的盒子放到桌上。

「那麼……」千反田說：「會議開始吧。」

我們一同欠身鞠躬。

主持人自然是千反田，畢竟她身爲社長，也沒人提出異議。

「首先我們來確認一下這次開會的目標。整件事原先只是我個人的回憶，後來因爲找到了《冰菓》，得知我的回憶可能與古籍研究社三十三年前的事件有關。今

註一：給主人或晚輩坐的位置爲下座。
註二：給客人或長輩坐的位置爲上座。

天會議的目標就是推論出三十三年前的那椿事件。此外，如果找到了眞相，就拿來當作今年古籍研究社社刊的題材。」

伊原主要是對封面那幅畫感興趣，而非事件本身，但她似乎沒有任何不滿。是因爲那奇怪的封面可能是從該事件衍生而出的？還是她和千反田做了什麼協議？

「在這一星期裡，我們分頭找了很多資料，今天想請大家報告各自的調查結果，然後把大家假設的『三十三年前事件』的樣貌拼湊起來，盡可能做出合理的推論。」

咦？是這樣嗎？我之前只聽千反田說要帶資料來，沒聽到還得推論……。可是我偷偷觀察里志和伊原的表情，都不見異樣，所以顯然是我自己聽漏了，眞糟糕。算了，總有辦法殺出一條血路的，就硬著頭皮上陣吧。

千反田的手上並沒有類似會議流程表的東西，她直接依次望向每個人，流利地說明：

「關於討論的流程，我想採取的方式是，先分發資料，然後由提出資料者做報告，讓大家針對報告提問，接著報告者提出假設，再由大家一起檢討這個假設。報告時禁止發問，以免場面混亂。那麼，就請第一位開始報告吧。」

她這主持人當得挺像一回事的嘛，這算是意外的才能嗎？

不，千反田自己說過，她習慣以系統化思維處理事情，怪不得她如此擅長制定規則。

「那麼第一位報告的是……呃？」

「小千，從誰開始啊？」

「唔……，從誰開始比較好呢……」

……她卻在這種莫名其妙的地方出紕漏。該說她個性單純呢？還是該說她連行動都系統化了？看她驚慌失措的樣子，我忍不住開口：

「誰起頭都好啦。千反田，就妳吧。」

一般來說主持人不須報告，但千反田絕不可能不報告，而且由她先示範也能讓會議進行得更順暢。於是千反田點點頭。

「嗯，就這麼辦吧。那麼……由我開始，大家以順時針的順序輪流報告。」

她說完，開始分發盒子裡的影印資料。

我一眼就看出那是這整起調查的源頭，也就是古籍研究社社刊《冰菓　第二期》的序文。原來如此，她打算踏實地從原點出發，的確很像她的風格。我早已看過這篇文章，此時又重看了一次。

序

又到了文化祭。

關谷學長離開至今已有一年。

經過這一年，學長由英雄變成了傳說，而今年的文化祭依然盛大地舉辦了五天。

然而，在傳說傳得沸沸揚揚的校舍一角，我卻想著：十年後，還有誰記得那位安靜的鬥士、溫和的英雄？最後會不會只留下學長命名的這本《冰菓》呢？

爭執、犧牲，連學長當時的微笑，都將被沖向時間的另一頭。

不，這樣才好，無須記住，因為那絕不是英雄事蹟。

一切都將不再主觀，在悠長歷史的遠方化為古籍的一頁。

而有朝一日，現在的我們也將成為未來某人手中古籍的一頁吧。

一九六八年　十月十三日

郡山養子

千反田清清喉嚨，開始說明。

「我準備的資料來自《冰菓》，除了因爲我們必須了解《冰菓》歷年題材有何傾向，我覺得這篇序文提及的事也可能出現在社刊的其他部分。但是很遺憾地，我看完內容後，發現只有這篇序文提到三十三年前那件事。既然如此，我們只能全力解讀這篇文章了，雖說找到創刊號才是最理想的……。總之，我把我從這篇文章整理出來的要點都列在這張紙上了。」

她發下第二張紙。

一、「學長」離開了。（離開哪裡？）

二、「學長」在三十三年前是英雄，在三十二年前成了傳說。

三、「學長」是「安靜的鬥士」、「溫和的英雄」。

四、《冰菓》是「學長」命名的。

五、有過爭執和犧牲。（犧牲＝「學長」？）

「哇……」

還眞簡明扼要。我忍不住發出讚歎，不過仔細想想，千反田不只是好奇心的化身，也是個成績優秀的學生，想必很擅長抓重點，才能夠在考試中得高分吧。

她停頓了一會兒，待所有人粗略讀過一遍資料，才繼續說下去。

「首先，第一點提到『學長』，也就是我的舅舅，他沒讀完神山高中，最終學歷是高中肄業。所以關於第一點，大家沒問題吧？」

關谷純高中退學——千反田提供的新情報沒讓我太驚訝，因爲我看到序文裡那句「關谷學長離開」時也猜到了。

不過話說回來，千反田難道不能向親戚問出她舅舅退學的原因嗎？……不對，一定沒辦法，可以問的話她早就去問了。對了，她在「鳳梨三明治」時也說過關谷家和千反田家漸行漸遠。

「再來是第二點，我認爲這點只是顯示了一個普遍現象——事件會隨著時間過去而愈變愈誇張。第三點挺有趣的，先不管安靜、溫和這些形容，總之我們知道『學長』是個『鬥士、英雄』，也就是說他曾經跟某個對象奮戰。這也符合第五點，當時發生過爭執，而『學長』成了鬥士、英雄，然後壯烈犧牲。至於第四點……，這只是我個人感到好奇，不是急需解決的事項。我的報告到此爲止，有人想發問嗎？」

我不覺得有哪一點特別奇怪的，所以沒發問。

平時會在課堂上發問的只有怪人（也就是里志）吧，但像這樣寥寥幾個熟人開會，用不著顧忌，於是伊原立刻發言了：

「小千，妳完全沒提到這句『那絕不是英雄事蹟』，爲什麼？」

里志口中念念有詞，似乎想說「那還用問嗎？」不過他在這種時候特別守禮貌，並沒有干擾千反田的報告。

而千反田顯然心裡早有答案，她立刻回答：

「因爲這關係到書寫者的個人觀感。算不算英雄事蹟，答案會因人而異。」

「而且……」等千反田陳述完畢後，里志也做了補充：「這句話也可能在暗示『那是場苦不堪言的戰鬥，並不像英雄事蹟那般帥氣』。我覺得把個人感覺摒除在討論之外，是很正確的作法。」

伊原似乎滿意了。

接著沒有人提問。

「那麼接下來，我說說自己的假設吧。」

千反田的語氣並非自信滿滿，也沒有躊躇猶豫，和平時沒兩樣。她的手上連張草稿都沒有。

「舅舅和某個對象爭執，然後高中退學。我無法肯定他是否因爲這場爭執才離開學校，但這麼假設應該很合情理吧。因為在剛剛那五點之外，我還想到一點可能可以佐證，那就是『至今已有一年』這句話。

「這表示舅舅在KANYA祭的一年前退學，同樣是在KANYA祭期間。我曾經聽一個神山高商的朋友說過，去年他們神商的文化祭發生過一些事。」

里志朗聲說道：

「妳是說破壞文化祭的事嗎？聽說有人私下恐嚇設攤的學生，還搶走了營收呀。」

千反田點頭。

「我聽說凡是組織必有反抗者，而且確實常有人刻意破壞文化祭、運動會、畢業典禮這些所謂的例行活動吧？此外還有一點，請你們看一下神高學生手冊第二十四頁。」

她說完，在座卻沒有一個人拿出學生手冊。這是當然的，誰會隨身攜帶那種東西啊？

「……怎麼了？」

「很不巧，我的學生手冊放在家裡。所以呢？上面寫了什麼？」

「……你們都不隨身帶著學生手冊嗎？算了，沒關係啦。上面寫了『嚴禁暴力行為』，所以，我的假設是這樣……」千反田的語氣依然平穩，繼續說：「那年的

KANYA祭很不幸地成了滋事分子的目標，舅舅以物理性的力量對抗他們，結果成了英雄，但他得爲使用暴力負起責任，於是被學校開除了，學弟妹爲此感到悲憤。以上就是我透過這篇文章所做的推論。還算合理吧？」

唔……

我和里志幾乎同時開口：

「駁回。」

「抱歉啦，千反田。」

伊原則是一臉若有所思，她沒看向千反田，一逕望著我和里志。

千反田遭到兩個人提出反對意見，卻連眉毛都沒動一下，我察覺她不並打算堅守自己的論點，提出的假設被轟成砲灰也毫不在意，這態度眞教人佩服。

「不對嗎？請告訴我理由。」

平靜發問的千反田和我四目交會，我聳聳肩回答：

「妳提到組織與反抗者，但若得不到實際利益，沒人會沒事跑來破壞文化祭吧。千反田，妳還記得妳之前提議來做社刊的時候，我說了什麼反對意見嗎？」

千反田的視線飄向空中。

「你說太費工夫了。」

「我說過這種話啊……。還有呢？」

「還有？呃……，你還說只靠三個人搞不出像樣的東西。不過我們明明有四個人耶。」

……該說她記性過人嗎？我眞的不記得自己說過那種話。千反田，我承認妳記得住這些事確實了不起，不過，我說那句話的時候，社員只有三人哦。

「然後呢？」

「……你說想在文化祭亮相還有其他方法，像是……」千反田終於想到了，雙手在胸前一拍，「設攤對吧？你說要設攤，我回答說……」

「妳回答說神高文化祭一向禁止設攤，這句話連我也記得。所以KANYA祭完全沒有金錢交易，不是値得破壞的活動。」

千反田好像不太信服我的反駁，她歪著腦袋說：

「我認爲重點在於可能性。」

「什麼意思？」

「大多數的人沒錢可賺就不行動，但我覺得，一定有人想法不同。」

呃。

……說的也是啦。她都這樣講了，我也無話可說。

里志笑了。

「眞丟臉呢，奉太郎。光憑你這利益論，是不可能說服千反田同學的。」

「是嗎？那講你的理由來聽聽啊。」

「你不問我也會講。」

里志說完之後裝腔作勢地咳了一聲。

「千反田同學說凡是組織必有反抗者，這點很有趣，我也這麼認爲。不過，反抗也講究所謂的『潮流』哦。

「確實，破壞慶典活動這種事很常見，而且近來的反抗風格傾向功利主義，不在乎實際利益的滋事分子固然不多，並非絕對沒有。可是啊，那件事發生在三十三年前，所以千反田同學妳這個推論不僅奇怪，甚至可說完全不可能。」

潮流？風格？

這傢伙到底在說什麼？我聽得一頭霧水，伊原和千反田也呆掉了。

「……爲什麼完全不可能？」

里志閉起嘴賣著關子，直到聽到伊原的發問，他才滿意地點頭繼續說：

「嗯，光提三十三年前可能不容易理解，我說一九六〇年代，你們就該知道了吧？」

里志一副趾高氣揚的模樣。和里志較量知識必定徒勞無功，因此我平時絕不輕易挑戰，雖然我看到他這副神氣的模樣很想讓他出出糗，只可惜我不熟悉歷史。

「摩耶花，如何？想到什麼了嗎？」

伊原想不出來，舉起雙手擺出投降姿勢。

「抱歉，阿福，我不知道。」

「是嗎？東京、國會議事堂……，還沒想到嗎？布告欄、示威……。唔，妳眞的不明白啊？是學生運動啦。」

「呃？」

我傻眼了。

我以爲里志在開玩笑，但他遲遲不揭開謎底，我就直接插話了：

「里志，你在玩什麼愚蠢的日本現代史複習啊？要玩的話，等解決了眼前的事再玩好嗎？」

里志的表情卻是認眞至極。

「我就是在解決眼前的事情啊。聽好了，千反田在假設中提到的暴力行爲，也就是高中生的校內暴力，在一九六〇年代幾乎沒發生過。想當然耳，在體制者和反體制者都不缺鬥爭對象的時期，何必可悲地做出這種亂找理由發洩不滿的舉動，又不符合潮流。」

「……講得好像你親眼見過似的。」

「我早說過了，我最近剛好在調查那時期的事嘛。」

里志的笑容比平日還燦爛。

嗯……。先不管現代史，我能夠理解里志想說的話，他的意思是，破壞文化祭的行爲不符合三十三年前的風氣。我沒辦法（其實是沒意願）確認是眞是假，但里志既然在開玩笑以外的場合這麼說，可信度應該滿高的。

「喔，這樣啊……。我確實沒考慮到時代背景……」

千反田因里志的突襲受到相當大的衝擊，看來她的假設已是風中殘燭。始終閉口不語的伊原這時突然合掌向千反田致歉。

「小千，對不起。」

「……爲什麼突然道歉？」

「照我的資料來看，妳的假設是絕對不可能成立的。接下來要輪到我了，所以我想盡量把我的想法留到報告時再講……」

坦白說，我挺不高興的。都怪伊原這傢伙，害我剛才白費脣舌，但千反田笑了。

「不會啦，討論得深入一點絕對不會白費的。」

眞是偉大的胸襟。

「好，那先把我的假設放一邊，來聽聽伊原同學的報告吧。大家同意吧？」

眾人皆無異議，讓千反田打頭陣果然是對的。第一彈已經爽快地放棄自己的假設，接下來的伊原想必不會堅持自己的假設，這能讓行事愼重的伊原討論起來更沒負擔。

「那麼，伊原同學，請妳開始吧。」

伊原分發的資料，該怎麼說呢……，這算性質不同或者次元不同？這篇文章的出發點顯然很特異，連字體都與眾不同，B5紙面上寫滿了徹底精簡過的難讀文字，整段文章有幾行畫了線，應該是要我們看的重點吧。

即吾等常懷廣大民意，故秉持反官僚主義之方針堅決維持自主權，絕不屈服於保守勢力之蠻橫暴行。

援引去年六月斗爭爲例，吾等在古籍研究社社長關谷純的英雄式指揮下施行果敢的實踐主義，令威權主義之輩慌亂失色，其醜態吾等至今仍歷歷在目。

「這份刊物是我四處蒐集漫研社的舊社刊時發現的，刊名叫《團結與禮砲　一號》，二號以後的舊刊都找不到，發行時間和小千的資料一樣在三十二年前。因爲我想既然《冰菓》記載了那件事，其他社團的社刊應該也有，就去圖書室找，但延續三、四十年的社團實在不多。漫研社當時也還沒成立，我卻在書堆和書架的縫隙間撿到這本刊物。……很驚人吧？」

我也不知道究竟是她找到這篇文章比較驚人，還是這篇文章本身比較驚人。團結與禮砲……，這標題取得還眞怪，不知道與時代背景有沒有關係。而且這文縐縐的仿古語法是怎麼回事！和它比起來，古典文學還好懂多了。

但同時我也明白了伊原何以否定千反田的假設。很簡單，因爲神山高中文化祭在十月舉辦，但這份資料顯示事件發生於六月。沒錯，這的確是有力的反證。

伊原從胸前口袋拿出類似大學筆記本的記事簿。

「不好意思，我不像小千準備了清單，只把注意到的地方挑出來。首先是『吾等』遭受保守勢力施壓，再來，前一年的六月發生過『斗爭』，『吾等』在關谷純的指揮之下施行了實踐主義，這件事讓威權主義之輩很頭大。其他部分雖然有趣，但看來沒多大關係。」

關於她摘錄的要點我沒有疑問，不過，「斗爭」是什麼？我搜尋了我的「腦內辭典」，怎麼也找不出這個詞彙，雖說我知道的辭彙原本就多不到哪裡去。

正當我爲「斗爭」煩惱不已時，千反田仍繼續主持會議。

「妳的報告結束了嗎？」

「嗯。」

「那麼，接下來是發問時間。」

我即刻問道：

「『斗争』是什麼？」

里志隨即問我：

「哪來的『斗爭』？」

你這傢伙，簡直明知故問嘛。我拿起那張《團結與禮砲》資料指給他看。

「就是這裡啊，這個『斗爭』。」

里志絕對早知道我講的是哪裡，但他看都不看我手上的影印紙，直接回答：

「那個讀做『鬥爭』啦，奮鬥的鬥，這個漏斗的斗是簡寫。」

其實里志並非講給我聽的，他的雙眼確實看著我，但他若要指責我讀錯，應該會更煞有介事地長篇大論。我知道里志是拿我當幌子藉以指正伊原，他這種體貼乍看之下很周到，實際上卻很笨拙。我雖不想幫腔，仍補了一句：

「我好歹也看了十五年的國字，從沒看過這種簡寫。」

「當然啊，因爲這只是一時的潮流嘛，在三十年前這類文風盛行的時候，『斗』字是常見的簡寫。現在偶爾也看得到，但會這樣寫的似乎只有流氓就是了。」

的確……，有流氓些會把「儘管指教」寫成「世露死苦」（註）。該說復古嗎？的確有點古早味，但又不太像。

里志自言自語般地附加一句：

「……不過這本刊物……好像是假的。」

伊原有反應了，她高聲問道：

「假的？什麼意思？」

遭到質問的里志嘴角抿成了乀字形，低聲沉吟。平時一向自信到近乎囂張的里志難得露出這麼煩惱的表情。

「呃，我不是說這份資料是仿冒品啦。」

「廢話，何況誰要仿冒這種東西呀！」

「我指的不是資料本身，唔，該怎麼說呢……，我是指寫這篇文章的人並非正牌的革命分子，只是因爲憧憬大學或哪裡的學生運動才寫了這篇文章。我覺得這東西是刻意掰出來的……」

我問道：

「那又怎樣？」

「沒什麼，就當我在自言自語吧。千反田，不好意思，請繼續。」

主持人點點頭，望向所有人。

註：「世露死苦」日語讀做「yo、ro、shi、ku」，音同「よろしく」（請多指教）。

「還有其他問題嗎？」

大家都沒再提出疑問，接下來伊原就得發表假設了，只見她神情緊張，慌亂地翻起記事簿。

「呃，那我要報告了。首先是反駁小千的假設，這一點大家都能理解吧？」

眾人的沉默就表示同意了。畢竟六月和十月實在相隔太遠。

「再來，這篇文章的作者與同伙施行了實踐主義，令威權主義之輩感到驚慌，結果就像《冰菓》所寫的，古籍研究社社長離開了。

「那麼，是什麼樣的『實踐』會讓人退學呢？……我對這點的想法和小千一樣，最有可能的是暴力行爲。近年或許有砸破教室窗戶之類的事，但阿福多半又會拿不合潮流什麼的反駁吧。那次的『實踐』，受害的即是威權主義之輩，也就是保守勢力。我也知道所謂的保守勢力指的通常是政府之類的組織，所以接下來就簡單了，古籍研究社社長率領的人們對『保守勢力』——也就是對老師們這樣……」

伊原揮舞拳頭，做出毆打的動作。

「他們動手了，究竟有沒有眞的打人很難說，但事態一定很嚴重。當然，他們並非爲了施暴而施暴。被我畫線畫了這麼長的第一段，重點只在『自主權』一詞。三十三年前，由於自主權受到了某種形式的侵犯，古籍研究社社長等一干人於是對此產生反彈。」

伊原說完「啪」地闔起記事簿，逐一望向眾人。

「唔……，我總覺得哪裡不太對……」

擔任主持人的千反田說道，我也點頭同意。

「不太對？什麼地方不太對？」

千反田回答：

「伊原同學的假設前提是校方侵犯了學生的利益，所以學生藉由暴力行爲回以反抗，是吧？」

伊原想了一下才回答：

「嗯，對啊。」

「可是，這種說法好像讓人有些明白又不太明白。」

妳的說法一樣讓人似懂非懂啊。——但我並非完全不明白，簡單講就是，這個假設的說服力不夠。我幫千反田補充道：

「伊原，妳的推論太抽象了，不過也不能怪妳，是眞的很難從這篇文章解讀出更多東西啦。」

「嗯，確實稱不上具體……」伊原承認這點，但她不打算全盤放棄，「可是，這個假設有什麼矛盾之處嗎？」

看來伊原比千反田更想堅守自己的論點。

但很遺憾，我已經找到破綻了。

「有啊。」

我端正坐姿，並非承受不了反駁別人時的緊張感，而是腳有些麻。

「很簡單，妳拿『動亂發生在六月，而非十月的文化祭期間』這一點否定了千反田的假設，可是啊，如果《冰菓》和《團結與禮砲》的記載都屬實，動亂在六月，『學長』退學是在文化祭舉辦的十月，這麼一來，妳也沒有立場否定千反田的假設了。因爲『學長』要是因爲暴力行爲遭到退學，校方還會拖上四個月才處分，太不自然了。」

我在心底補上一句：有緩刑觀察期則另當別論。

「可是……」伊原立刻提出反駁，她可能也想到了。「我想《冰菓》的記載應該可信，但《團結與禮砲》清楚寫出六月，而《冰菓》只概略提到『已有一年』，所以說不定事件發生在六月，退學也在六月，文化祭則是同年的十月。不是沒有這個可能吧。」

四個月耶……。總覺得這種牽強的說法不太符合伊原的作風……

我還在猶豫時，千反田和里志都下了判斷。

「我覺得這個時間差距不容忽視。」千反田說。

「我也這麼認爲。既然《冰菓》的序文內容暗示『到了文化祭時期就退學屆一年』，我想退學應該是發生在十月吧。」里志說。

我默默點頭，含蓄地對他們兩人表示讚許。

三對一。伊原噘起了嘴。

「哼，你們都太死腦筋了啦。」

這種反應可愛得不像伊原，我感覺現場氣氛爲之一緩。里志小小舒展了一下筋骨，懶洋洋地說：

「不過我覺得這個討論方向沒錯哦。」

依然正襟危坐的千反田也面露微笑表示同意。

「是啊，沒必要回到起點重新思考。」

我也這麼想。該怎麼說呢，這猶如墜入五里霧中，濃霧還沒散去，但至少已找到地圖；又如隔靴搔癢，至少知道是腳在癢。單憑《冰菓》和《團結與禮砲》的資料，確實頂多能得出伊原所做的推論。我也覺得接下來只要透過里志和我的資料試圖推出細節即可，到時若出現嚴重的矛盾再重頭開始就得了。

不過話說回來，我的資料該怎麼辦啊？我原本以爲今天只要蒐集資料，所以壓根沒認眞解讀……

「那我的報告可以結束了嗎？」

伊原問道，千反田點頭。

依照順時針的順序，接下來發言的是里志。他應千反田的要求發下資料，途中突然停了手，輕描淡寫地說：

「啊，對了，我剛才忘了提，我的資料會否定摩耶花的部分假設。」

里志分發的影印資料是壁報社的《神高月報》。對耶，遠垣內說過《神高月報》發行了將近四百期，以每年平均十期往回推算，至少有四十年歷史，當然存在三十三年前的舊刊，我竟然沒想到這點……。這份資料上有一處專欄被圈了起來。

派得上用場的內容僅只一小部分，這點文字即能推翻伊原的假設，眞虧里志有辦法說「忘了提」，他還眞有耐性，大概是爲遵守發言順序吧……。我偷偷瞄了伊原一眼，見她神情複雜，看不出愉快不愉快。對伊原而言，里志等於把她對千反田做的事回敬給她，她的內心當然五味雜陳。里志說自己「忘了提」八成只是效法前例，而且當然，是基於閑無聊玩笑的心態。

▼上週在專科大樓發生的動亂導致兩人停學，五人被記警告，對神山高中學藝類社團的聲名造成嚴重損傷。▼常言道，竊盜亦有三分理，受到各方批評的電影研究社之所作所為並非全然不合情理，小編也不認為攝影社的主張百分之百正確。▼錯只

錯在用拳頭解決。不先試著努力溝通，只憑成見與偏見輕易訴諸暴力，這種態度令人難以苟同。▼尤其希望毆打了勸架學生幸村由希子（話劇社・一年D班）的電影研究社之高三眾人徹底反省，幸村同學至今仍得每天就醫。▼前年那場傳奇般的學運絕無暴力行為，即便全學年皆怒不可遏，我們仍不失團結，貫徹無暴力抗爭到最後。▼該事件讓我們引以為傲，這份精神理應傳承下去。

里志一派輕鬆地進行說明：

「我所找到的資料是壁報社發行的《神高月報》舊刊，我在圖書室的架上找到這份沉睡的資料，本來只是拿來打發放學後的無聊時間用的。不過裡面沒有正面提到三十三年前的那件事，只是點到為止，坦白說，不算命中目標。而且這份舊刊物雖然還在，卻只剩一半，另一半被麥克筆的塗鴉蓋住了，保存狀態很差，這也沒辦法。然後重點在這……」

○該起事件不含暴力行為。
○此事影響了全學年。
○「我們」在事件中團結一致。
○事件從頭到尾皆貫徹無暴力抗爭。

「第一點和最後一點不是要搞前後呼應，不過指的是同一回事。那起事件不含暴力行爲，所以摩耶花的假設要做若干修改。中間的兩點也算同一件事，這個『我們』是否指全學年還有待商榷，但或許這部分根本無關緊要吧。」

……是嗎？

里志彷彿看出我無法釋懷，又補充道：

「如果『我們』就等同全學年，表示全體學生都與該事件有關；假使不等，『我們』也是在全學年這個後盾之下和事件扯上關係，兩者差異不大。」

嗯，說的也是。

「我的報告到此爲止，想發問就請說吧。」

現場沉默著。千反田周到地重申一次：

「……沒有人要發問嗎？」

對了。我突然想到一件事，便舉起手來。

「里志，上頭寫到『傳奇般的學運』，就是我們想追查的事件嗎？光憑這份資料，似乎無法確定。」

我只是想確認一下，沒想到里志卻當場投降。

「我也不知道，沒有證據顯示這就是那起事件。」

「竟然說不知道……」

里志的語氣很理性，發言卻帶有敷衍的味道。他知識淵博、情報豐富，但又懶得運用，這點我也很清楚……

「那你的資料根本沒屁用嘛。」

「喔？對耶。」

「對你個頭啦。」

這時伊原插嘴了：

「可是，有旁證哦。」

「喔？」

「我們正在調查的事件確實是一起極受矚目的事件，甚至有兩個社團寫進自己的社刊裡，如果我們在追查的那件事不等於『傳奇般的學運』，記載中應該會提到『當年有兩件大事，而這件才是傳奇般的學運』。」

里志敲了一下掌心。

「對對對，我正想這麼說。摩耶花，眞有妳的。」

你根本沒想到吧？不管這個了，伊原所言確實有些道理。即使沒有確切的證據，反正我們本來也沒打算找確切證據，所以無傷大雅。千反田說過，目標是做出矛盾不多的推論，何況我才懶得浪費能量吵著要證據。於是我搧搧手表示接受。

沒人提問。

「那麼，你的假設呢？」

里志聽了卻露出苦笑。

「唔……，假設啊……」

「怎麼了？」

「千反田同學，違反議程眞是不好意思，我沒有準備假設。雖然該自己事先想好再來開會，但我準備的資料只有這一小欄記述，頂多能用來修正摩耶花的假設，而且……」

我知道里志接下來要說什麼，這傢伙一定會提到資料庫……

「區區一介資料庫又做不出結論。」

里志終究是沒提出假設。沒辦法，本來我對他也不抱期待。不過我自己更不妙。慘了，眞後悔沒有細讀資料，我做得出假設嗎？會議不顧我的慌亂繼續進行。

「折木同學，輪到你了。」

我點頭，隨即發下資料，分發之中還趕緊再瞥過一次。與事件有關的部分幾乎和里志那份一樣少，而且只是枯燥無味的條列事項。以下是我找到的資料：

昭和四十二年（一九六七）

這一年的日本與世界

國民生產毛額（GNP）超過四十五兆圓，在資本主義國家中名列第三。昭和四十三年超越西德成為第二名。

八月，松本深志高中的學生在攀登西穗高岳時遭雷殛，十一人死亡。

這一年早大鬥爭發起大規模罷課，促使學生運動更趨激進。

這一年的神山高中

○四月，校長英田助指出：「本校不該只甘於定位為一所小地方的私塾，培養優秀人才乃是教育之本分，培育出能夠接受高等教育的學生素質，正是今後中等教育的課題。」表示將修改教育方針。

○六月三十日，放學後舉辦「文化祭討論會」。

○七月，前往美國視察。（萬人橋陽老師）

□十月十三～十七日，文化祭。

□十月三十日，運動會。

□十一月十五～十八日，二年級舉辦校外教學。前往高松、宮島、秋吉台。

○十二月二日，交通事故頻傳，於全校集會時呼籲師生注意。

○一月十二日，積雪導致體育器材室部分損壞。

□一月二十三、二十四日，一年級舉辦滑雪研習營。

「奉太郎，這該不會……」

我板著臉答道：

「對，這就是《神山高中五十年的軌跡》。本來我想官方紀錄可能會有那起事件的相關記載，結果一如各位所看到的……」

我回想著另外三人的報告方式。要模仿前例的話，首先得抓出這份資料的重點。

唔……

……這種內容好像也抓不出重點。

我並不是懷著隨便應付的心態拿來這些資料的，只不過仔細一看，這些情報確實沒多大意義。

我苦思著該怎麼辦，突然浮現一個念頭：乾脆放棄吧。整件事不過是出自一名女高中生的請求，說穿了這也只是高中的社團活動，沒必要煩惱傷神或死撐到底，說一句「不好意思，看樣子這些資料實在派不上用場」即可，反正剩下的千反田和伊原會自己去想辦法，而且這樣也比較像我的作風。

不過，這個作法會不會太灰色了？

於是我抬起頭來，說道：

「抱歉，在報告之前，可以先借個洗手間嗎？」

千反田啞然失笑。

「嗯，好啊。」

里志揶揄我說：「太緊張啦？」但我沒理他。千反田為我帶路，在走出房間之前，我裝作若無其事地把開會至此的所有資料順手塞進口袋。

進到了大得莫名其妙的廁所內，我立即展開思考。

四張影印紙，四份資料。

以及剛才的對話。

整體來看能得到什麼推論？三十三年前發生了什麼事？

我思考著……

然後，得出了一個結論。

「不好意思，我好像搞錯了，今天沒有準備假設，所以我的報告能不能就到這裡結束，我們直接來統整資料？」

聽到我的提議，里志露出的笑容摻雜了一絲狡詐。

「奉太郎，你是不是想到什麼啦？」

「你不要施展讀心術好不好！……算了，我確實有了個大概的結論。」

「我……」千反田像是在喃喃自語：「我就知道會這樣。若說有誰做得出毫無矛盾又具說服力的假設，那肯定是折木同學了。」

……

這、這我可不敢保證。

「折木同學，請說出你的想法吧。」

「是啊，快說快說。」

「從以前的經驗來看，很值得期待呢。」

你們少說風涼話啦。我並不是感覺到壓力，但這麼受矚目真讓人不好開口。好吧，我該從哪裡說起呢？我想了一下，說道：

「對了，用五W一H（註）來說明好了。何時、何處、何人、何故、如何、何事……。我沒說錯吧？」

千反田點頭。

「好，首先是『何時』。我們知道那件事發生在三十三年前，關鍵是，到底是在六月還是十月。照《團結與禮砲》來看在六月，而《冰菓》的敘述解讀起來應該是在十月，不過我兩者都採納，也就是事件發生在六月，『學長離開』在十月。」

伊原不滿地皺起眉頭，這也無可厚非，因爲我明明自己才剛批評過這說法有矛盾。先不管了。

「再來是『何處』，這點沒有疑問，就是在神山高中裡。接著是『何人』，根據《團結與禮砲》可知，事件主角爲古籍研究社社長關谷純，此外附加一點，根據《神高月報》可知，全體學生也在事件中插了一腳。」

我說話時再三瞥向資料，確認自己的講解內容沒有出錯。到目前爲止還沒什麼大問題，接下來才是重頭戲。

「至於『何故』，如果全體學生一起站出來，對抗的一定是校方。借用伊原的說法，原因在於『自主權受到侵犯』，而起因，則是文化祭。」

聽到我如此斷定，所有人的臉上都浮現問號。我心臟的負荷好大。

「……資料上頭有哪部分是這樣寫的嗎？」

註：即When、Where、Who、Why、How、What。

「記載只提到學長在文化祭時期退學，並沒提到那起事件與文化祭有關啊。」

我搖搖頭。

「不，大大有關。讓我直接從結論說起吧。我認爲是由於發生這起事件，才促使校方和學生雙方在六月進行了協商，確保了十月的文化祭得以順利舉行。」

里志仔細看向我影印的《神山高中五十年的軌跡》資料，提出異議：

「你是指這項『文化祭討論會』嗎？但你怎麼確定這是該起事件造成的？如今神高雖然沒有這種討論會，在三十三年前搞不好是每年的例行公事啊。」

「不會的。《五十年的軌跡》就在你的手上，再看仔細一點吧。」

除了里志，千反田和伊原也一樣端詳起影印紙，然後……

「句首的符號有圓的和方的兩種呢。」

「……我知道了！方的是每年例行公事，圓的是只限那年發生的事！」

「我想應該是這樣沒錯。這校史眞不貼心，連個使用說明都沒附上，不過搭配其他年份一起看就知道了，多半錯不了。」

我換了一張資料，接下來討論重心從《神山高中五十年的軌跡》換成了《冰菓》。

「那麼，爲什麼只有三十三年前舉行了『文化祭討論會』呢？這是因爲學生強硬要求，嚴重到甚至演變成事件。然而學生們爲何要求與校方進行協商？從《冰菓》裡面即可找到提示。」

我拿原子筆在某處畫線。

「就是這裡：『經過這一年，學長由英雄變成了傳說，而今年的文化祭依然盛大地舉辦了五天。』你們不覺得奇怪嗎？」

沒人吭聲，於是我繼續說下去。

「文化祭本來就是神高每年必辦的活動，沒必要特地寫出來，所以我覺得這一段話的重點不在於『舉辦』，而在於『五天』。」

「……折木，我不懂你想說什麼耶。雖然我對你截至目前的推測持保留態度，但若眞的如你所說，那又怎樣？」

「文化祭連辦五天，正可說是一起英雄事蹟呀。你們再回頭看看《五十年的軌跡》，四月的部分記載了校長的發言，從字面上來看是提升本校升學力的宣言，不過大家姑且聽聽看我的推論吧。

「我們學校的文化祭向來在平日舉辦，而且長達五天，遠比其他高中要久；再者，這也相當於本校社團活動尤其活躍的象徵。這樣的狀況下，如果校長要對學生宣導學業比課餘活動重要，最有效的方法當然就是縮短文化祭時間了。但是學生相當不滿，導致『全學年皆怒不可遏』。事件起因就在於此，也就是『何故』。」

講得口好渴，眞想來杯麥茶……，但得先說完結論才行。我嚥了口口水繼續。

「再來說明『如何』，就是『在古籍研究社社長關谷純的英雄式指揮下』做出了『果敢的實踐主義』。最後一項『何事』，即學生們對校方的作法感到憤怒，但仍秉持著『無暴力抗爭』的原則，沒有使用暴力。但事實顯示，校方召開了『文化祭討論會』，文化祭也照舊舉辦了五天，可見學生顯然給予校方相當的壓力，就算沒有施加狹義的暴力，也免不了廣義的暴力，譬如說發動無暴力抗議運動……。接下來的事情可以想見，里志你應該也很清楚吧，我想得到的是絕食抗議、示威遊行、罷課運動，諸如此類的。校方受到這些壓力，只好與學生進行協商，放棄縮短文化祭，但交換條件卻是『英雄』關谷純必須退學。」

我最後再補充道：

「還有，爲什麼事件和退學的時間錯開了？因爲關谷純在六月時仍是學運的中心人物，要是當下開除他的學藉，動亂一定會愈演愈烈，因此校方把退學一事延後，延到熱情消退的時期，也就是文化祭結束之後。」

說明完畢了，我輕吐了一口氣。夏天的暑氣彷彿再度襲來。

事情大致上都有了解釋。

沒勁的掌聲傳來，里志拍著手說：

「哇塞，太精采了，奉太郎。嗯，這下豁然開朗啦。」

伊原默默地收起資料，似乎不太高興，但她平時幾乎都是這副調調。

至於千反田……

這位大小姐興奮得像是看見馬戲團的天眞孩子，連珠砲似地嚷著：

「好厲害！折木同學，你太厲害了！只靠這點資料，竟然解讀得出這麼多事情……。我頭一個找你幫忙果然沒錯！」

聽到誇獎我當然開心，還意識到自己露出了害羞的笑容。

這麼一來，千反田的煩惱獲得解決，社刊主題也有了方向。我打從四月底認識了千反田就不斷招惹麻煩事，這下總算可以告一段落了吧。

千反田以主持人的身分繼續進行議程。

「各位還有想問的事嗎？」

沒人提問。於是千反田重重地點了一下頭，做出結論：

「那我們就以折木同學剛剛的推論爲主軸來製作本年度的社刊，詳細內容我們日後再討論，現在先解散吧。……大家辛苦了。」

眾人再度一同欠身施禮。

臨走時，千反田送我到玄關，那燦爛的笑容顯示出她很滿意今天的成果。

「眞的很謝謝你。」

千反田深深鞠躬。

「不是我一個人的功勞啦。」

我簡短地回應後穿上鞋子。早一步走出去的里志催促著我，可惜我不會認路，回程還是得靠里志帶路。

「那我們走嘍，學校見。」

「嗯，再見……」

我輕輕揮手，離開了千反田家。

我既然走了，當然不知道千反田後來的反應。

我不曉得自己離開以後，站在玄關的千反田一臉恍惚，也無從得知她當時的喃喃自語。

她囁嚅著：

「可是……如果真是這樣，那當時我為什麼要哭呢？」

七

走過歷史的古籍研究社之眞相

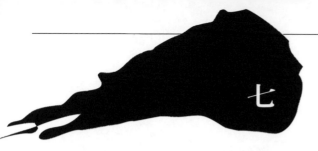

論戰結束，夕陽西下。里志在一片橘紅的夏日田園間悠然踩著踏板，以難以聽聞的微弱音量說：

「奉太郎，坦白說我真的很吃驚呢。你的結論太驚人了，如果你說的沒錯，我們的KANYA祭至少是拿一個人的高中生活換來的呀。不過你竟然會主動跳出來解讀事件，這一點更令我驚訝。」

「怎麼？你在質疑我的能力嗎？」我半開玩笑地回道。

里志很稀罕地沒有笑。

「打從你進神高以來，已經解開好幾道謎題了，對吧？比方說第一次見到千反田的時候，還有冷僻的熱門書事件，後來你還擺了壁報社社長一道，不是嗎？」

「那只是碰巧啊。」

「結果如何不重要，重要的是，像你這麼灰色的人竟然會願意做解謎這種麻煩事。我知道，你會這樣做，是爲了千反田同學吧？」

我歪起腦袋，思考原因究竟爲何。

說「爲了千反田」好像有點語病，如果說「千反田害的」我還能接受。里志曾說過，我這個人若沒人使喚就不會主動行動，而千反田雖然不是直接使喚我，但她的確把我硬拖去處理那些麻煩事。可是……

「可是今天的狀況不一樣。」里志繼續說。

沒錯，今天的狀況不一樣。

「你眞要躲一定躲得掉。今天解謎的責任由我們四人平均負擔，如果你說不關你的事而逃開，也沒人會責怪你，但你爲什麼不惜把自己關進廁所也要想出答案呢？」

夕陽逐漸落下，微風吹來清涼。我將視線由里志身上移開，望著前方。

「是爲了千反田同學嗎？」

里志會有這種疑問也是情有可原，因爲平時的我絕對不會主動去解謎，但今天的我確實很有行動力。

對了……，或許可以這麼說吧。

我大概知道自己爲什麼會這麼做，其實原因與千反田幾乎無關。不過，自己腦子裡搞清楚了和傳達給別人是兩回事，我得先把自己的想法從概念淬煉成語言，才有辦法傳達出去，即使對方是里志這個心電感應者也一樣。

不，正因對方是認識多年的里志，所以更難解釋，畢竟我今天的行爲和動機眞的與以往的作風大相逕庭。

我當然沒有解釋的義務，大可回他一句「我怎麼想與你無關吧」，但我想回答里志，也想整理一下自己的思緒。沉默片刻後，我字斟句酌地回答：

「……因爲我快厭倦灰色了吧。」

「啊？」

「說到千反田啊，很難找比她更浪費能量的人了。她在社團要製作社刊，在學校要讀書考試，私底下還得追尋回憶，眞虧她不覺得累。你也一樣，還有伊原也是，你們這些人都拚命地沒事找事做。」

「唔……，或許吧。」

「可是呢，俗話說美國的月亮比較圓呀。」

講到這，我停頓了一下，總覺得還有更好的說法，但我實在想不出來，只好接著說：

「有時我看著你們，會覺得靜不下心來。我一方面希望在灰色當中過得平靜，一方面又覺得這樣很無趣。」

「……」

「所以我想，嗯，該怎麼說……，乾脆在你們的陣營裡參一腳，試試看你們的作法，跟著推理看看。」

我閉上嘴，只聽得見踩踏板的聲響和風聲，里志什麼都沒說。他這個人可以滔滔不絕，也能靜默不語，我最欣賞他這一點了，但我現在眞希望他說點什麼，因爲這是我率性而爲之後才硬找了理由來解釋，我不希望他沉默以對。

「你說話啊。」

我笑著催促道。里志依然不見微笑，但總算開口了。

「奉太郎你啊……」

「嗯？」

「你開始羨慕玫瑰色了嗎？」

我想都不想就回答：

「或許吧。」

在自己的房裡，仰望著純白的天花板。

我反覆咀嚼里志的話。

我喜歡開心的事，也不排斥閒扯淡或者趕流行，留在古籍研究社裡任由千反田帶著四處團團轉也不失爲一種消磨時間的方式。

可是，如果，能夠一頭栽進某件無法視爲玩笑的事情裡，讓我甚至忘卻去計算得花費多少時間與精力……，那樣不是更快樂嗎？因爲這代表那件事擁有令我不惜消耗能量也要去追求的價值，不是嗎？

好比，像千反田那樣熱切地追逐著過去。

或者更極端地，像我所勾勒出的「英雄」關谷純在三十三年前死守KANYA祭那般。

我的視線游移著。每當我思考起這些事，總是靜不下心來。我望遍純白色天花板，又翻過身看向地板，無意間瞥見被我扔在在地上的姊姊的來信。

然後，我的視線怎麼都離不開上頭一行字：

十年後，我一定不會後悔有過這樣一段日子。

十年後……在我這一介凡人眼中怎麼看都是一片朦朧的未來。到時我就二十五歲了。二十五歲的我會怎麼看待十年前的自己？能確信自己成就了什麼嗎？關谷純二十五歲時，是否覺得十五歲的那段日子過得毫無遺憾？

我──

電話毫無預警地響起。

廢話，電話要響哪會先預告，總之我是指大大出乎我意料的意思。我的思緒倏地被拉回現實，焦慮也頓時消退。我爬下床，下樓接電話。

「……喂，這裡是折木家。」

「咦？奉太郎嗎？」

我登時挺直背脊。話筒傳來熟悉的聲音，那是屢次打亂我的生活，為我帶來天翻地覆大麻煩的人的聲音。打電話來的是折木供惠，我那在遙遠的西亞胡作非為、受到莫薩德（註一）還是什麼組織追緝而躲在日本領事館的姊姊。國際電話中的聲音聽起來有些模糊不清，但我很確定是她。

我在第一時間率直地發表聽到這個久違聲音的感想。

「妳還活著啊？」

「眞沒禮貌，你以為一、兩個強盜殺得死我嗎？」

她眞的遇到過那種事嗎？不過若果眞如此，我也不驚訝。

姊姊大概捨不得電話費，話講得飛快。

「我昨天抵達了普利斯提納，就是南斯拉夫啦，錢和身體狀況都沒問題，計畫也進行得很順利，到了塞拉耶佛（註二）會再寫信回去。我的行程很悠哉，預定會在兩週後到那兒。報告到此結束！好啦，你那邊怎樣，都沒事吧？」

姊姊好像很快樂，和平日一樣。她是個愛哭、易怒、會為一點小事開心不已的激動派，但大致上都是處於心情愉快的狀態。

我以指尖彈著話筒線說：

「沒事，極東戰線無異狀。」

「這樣啊，那就……」

姊姊好像想掛電話了，我懷著「想掛就掛吧」這種不乾脆的心情繼續說：

註一：MOSSAD，以色列情報局。

註二：Sarajevo，波士尼亞赫塞哥維納的首都和最大城市。

「我們要做社刊。就是《冰菓》……」

「……嗯？什麼？」

「我調查了關谷純的事。」

姊姊依然說得很快。

「關谷純？好懷念的名字呀。眞意外，現在還有人記得啊？所以『KANYA祭』現在仍是禁語嘍？」

我聽不懂這話的意思。

「……妳說什麼？」

「那眞是一場悲劇，太惡劣了。」

禁語？悲劇？惡劣？

怎麼回事？姊姊到底在說什麼？

「等一下，我在說關谷純的事耶。」

「我知道啊，就是『溫和的英雄』嘛，我才想問你知不知道咧。」

簡直是牛頭不對馬嘴，我們明明說著同一件事卻講不通。

我直覺是自己搞錯了。我在千反田家所做的分析一定出了錯，否則就是不夠周延。不過我並不焦急，反正姊姊一定知道三十三年前的神山高中發生了什麼事。

「姊，請告訴我關谷純的事。」

我努力以嚴肅的語氣說出這句話。

姊姊的回答卻很俐落。

「我沒空！掰！」

喀啦。嘟、嘟、嘟……

我把話筒拿開耳邊，傻傻地盯著。

「……」

妳這個……

「混帳姊姊！」

我摔下話筒，電話落地發出巨響。我的焦慮加倍了，當然，都是姊姊害的。

我不太記得姊姊說了什麼，因爲說話速度太快，我幾乎無法仔細聽，只清楚記得姊姊對那起事件持有負面印象。

我回房間跳上床，倒出背包中古籍研究社社員各自蒐集來的資料散了一床。《冰菓》、《團結與禮砲》、《神高月報》、《神山高中五十年的軌跡》……而姊姊從伊斯坦堡寄來的信仍躺在地上。我重整心情，再讀一次剛才那行字。

十年後，我一定不會後悔有過這樣一段日子。

十年後啊……。三十三年前擔任古籍研究社社長的關谷純，如果現在還活著，也快五十歲了。如果他還活著，會不會後悔他的高中時代就這麼腰斬了呢？

我想他應該不後悔。爲自己和伙伴們的熱情殉道，放棄了繼續過高中生活的英雄關谷純，絕不會後悔這份果斷。我自從在千反田家推論出他當年的決心之後，一直是這麼認爲。

可是，果眞如此嗎？

他爲了區區文化祭而遭到學校開除，人生迥然一變。說到高中生活就會想到玫瑰色，但若那是色澤濃烈到中斷了高中生活的玫瑰色，還能稱之爲玫瑰色嗎？

我心中的灰色部分說著：不可能的啦。怎麼可能存在爲伙伴殉道、拯救一切的英雄？這個想法在我的腦中逐漸抬頭。但，先不管我自己腦中的質疑聲浪，姊姊確實稱之爲悲劇。

再調查一次看看吧，將這疊影印紙提到的事情全查出來。

我要徹底查明，三十三年前的關谷純，眞的是玫瑰色的嗎？

隔天，我穿著便服去學校，確認幾件事之後，打電話叫了千反田、伊原還有里志出來。找他們來學校的目的非常簡單，我對他們三人說：

「昨天那件事有些地方需要補充，這次一定會徹底解決。我在地科教室等著。」

三人到齊了。伊原出言奚落我幹嘛翻出已解決事件，里志依舊面帶微笑，卻難掩對於我超脫常軌行徑的訝異之情，千反田則是一見到我立刻說：

「折木同學，關於這件事，我還有些部分非弄清楚不可。」

而我也是一樣的心情，所以我點點頭，按著千反田的肩膀說：

「沒問題，我想所有的解釋都會在今天補齊，先等一下吧。」

「怎麼了，折木？補齊是要補什麼？」

「補齊就是補齊，就是把不完整的東西變得完整的後續動作。」

我說完拿出一張影印紙，那是《冰菓　第二期》的序文。

「折木同學，你說不完整是指你昨天的推論嗎？哪裡錯了嗎？」

「不知道，可能搞錯方向，也可能不夠深入。」

「既然你自己都不知道，爲什麼把我們叫出來？」

「噯，先聽聽看吧。」我這張影印紙是帶來給自己看的，說著我的視線落到上頭。「……我們必須更愼重看待《冰菓》裡的訊息，這裡清楚地寫出關谷純的故事並不是英雄事蹟。」

但這部分是里志昨天解決過的議題。果不其然，他開口質問：

「這一點昨天不就討論過了？」

「嗯，是啊，但我們有可能被誤導了。」

「你要這麼說的話……」

「還有『爭執、犧牲，連學長當時的微笑，都將被沖向時間的另一頭』這一段。這裡的『犧牲』念做『gisei』，也可以念做『ikenie』。」

伊原皺起眉頭，「ikenie是另一個詞吧？『生』什麼的那個。」

她指的是「生贄」。不等我解釋，千反田就開口了：

「不，寫做『犧牲』也能讀做『生贄』，這兩個詞原本都是『祭品』的意思。」

不愧是秀才，幫了大忙，哪像我還得查過辭典才知道。

里志聽到這，嘆了口氣說：

「……我明白有另一種讀法了，但這有什麼好質疑的？到底怎麼讀才正確，除了書寫者之外，沒人知道吧？」

當然，昨天的讀法從國語的角度來看沒有錯，語言不像數學那麼明確，同一個詞有好幾種解讀是常有的事，我剛才的發言只是指出有另一種可能性。

不過，我有辦法確認哪個才是正確答案。里志的話正中下懷，我衝著他用力點了個頭表示讚許。

「說得好！只要問書寫者就對了。」

「……問誰？」

「寫了這篇序文的人——郡山養子。三十三年前她是高一生，現在應該四十八、九歲了吧。」

千反田瞪大了眼。

「你找到這個人了？」

我誇張地搖頭。

「不需要找，這個人就在我們身邊。」

伊原猛然地抬頭，果然是她第一個想到。

「啊！原來如此！」

「沒錯。」

「什麼沒錯？」

「怎麼了？」

伊原的視線朝我飄來，我輕輕點頭鼓勵她說出口。

「……就是司書老師。老師名叫糸魚川養子（Youko），舊姓郡山，沒錯吧？」

伊原是圖書委員，常有機會看到糸魚川老師的全名，所以很快就想到了。

「沒錯。比方說，假使我們聽到『Ibara Satoshi』（註）不見得會想到里志入贅到伊原家，但若寫出『Satoshi』的漢字『里志』又另當別論。再加上很少有讀做『Youko』的名字寫做『養子』，也難怪我們一時沒想到了；此外，糸魚川老師的

註：「Ibara」爲日語姓氏「伊原」的發音；「Satoshi」爲日語名字「里志」的發音。

年齡也完全符合哦。」

伊原盤著胳膊沉吟一聲，抱怨道：

「折木，你果然很異常，我和老師那麼接近都沒發現，虧你想得到。我是說眞的，你要不要讓小千看看你的腦袋啊？」

我早說過了，會靈光乍現都是靠運氣，我才不要爲此讓千反田開腦。

至於千反田則是臉色漸漸泛紅。

「那、那麼，只要去問糸魚川老師……」

「就能知道三十三年前的眞相了，譬如那件事爲什麼不是英雄事蹟，爲什麼製作那樣的封面，爲什麼取『冰菓』這麼怪的名字……。還有妳舅舅的事，都能搞清楚了。」

「可是，有證據指出這位郡山眞的是糸魚川老師嗎？我們一大票人殺過去，要是搞錯人了不是很糗嗎？」

絕對錯不了的。我看看手表，哎呀，都這個時間了。

「其實我事先確認過了，老師在高二時曾擔任古籍研究社社長，我也和老師約好大家一起聊聊了。好啦，時間快到了，我們去圖書室吧。」

我轉身要走，伊原揶揄的聲音從後方傳來。

「你很積極嘛。」

還好啦。

爲了不讓熾烈的陽光損傷書本，在暑假期間，圖書室所有的百葉窗都是掩著的。而且即使是暑假，冷氣一點也不涼的室內仍塞滿了準備KANYA祭的學生和準備考試的高三生。我們要找的糸魚川老師正坐在櫃檯後方寫字，她戴起眼鏡，趴在桌上寫東西。身材矮小的她體形纖瘦，臉上刻畫著若干皺紋，感覺得出高中畢業以來的三十一年歲月。

「糸魚川老師。」

老師聽到聲音才發現我們杵在跟前，她慢慢抬起頭，露出微笑。

「喔，是古籍研究社的同學啊。」

接著她環顧擁擠的圖書室。

「這裡人太多了，我們去司書室吧。」

她帶我們走進櫃檯後方的司書室。

司書室是司書老師的專用辦公室，小巧整潔，但裡頭的冷氣與圖書室一樣效能不彰。糸魚川老師神態自若地將百葉窗拉下，請我們坐在會客沙發上。我聞到一股香味，發現房裡唯一的辦公桌上擺著花束，花朵小而樸素，要不是因爲飄散出香味，實在很難注意到，我看得出那些花並非擺給客人看的，而是老師自己觀賞之用。

會客沙發很大，但沒大到塞得下四個人，糸魚川老師從辦公室角落搬來一張摺疊椅說：「你們誰委屈一下吧。」不知爲何，我很自然地坐上那張椅子，其他三人都坐沙發。糸魚川老師坐在自己的旋轉椅上，手肘靠著辦公桌，迎向我們說：

「你們有事要問我？」

老師氣定神閒地開口了。他問的是古籍研究社全體社員，但接下來當然得由我這古籍研究社代表來進行對話。不習慣這種處境的我幾乎想蹺腿盤胳臂來掩飾尷尬，但顧慮到禮貌只好作罷。

「是的，有件事想請老師告訴我們。我想先在大家面前再和老師確認一次，老師，您的舊姓是郡山嗎？」

老師點頭。

「那麼寫下這篇文章的也是您嘍？」

我從口袋拿出那張影印紙，交給老師。糸魚川老師接過去一看就笑了，那是很柔和的笑容。

「嗯，是啊。我倒是挺驚訝的，沒想到這東西還留著呀。」

我感覺老師微微垂下了眼。

「我大概知道你們想問什麼。古籍研究社的學生來問我的舊姓，那時我就已經猜到了……。你們要打聽三十三年前的學運吧？」

賓果。這個人果然知情。

然而，糸魚川老師的態度與我們充滿期待的神情截然不同，她輕嘆一口氣說：

「你們爲什麼想知道那麼久以前的事？我還以爲這件事沒人記得呢。」

「是啊，如果千反田不是特別在意怪事的好奇猛獸，我們也不會注意到。」

「猛獸？」

「對不起，應該說是餓鬼。」

糸魚川老師和里志都笑了，伊原板起了臉，千反田則是小聲地向我抗議，但我沒理會。糸魚川老師對著千反田微笑問道：

「妳爲什麼會對那次學運感興趣呢？」

我看到千反田平放在腿上的雙手緊緊握起拳頭，可能是緊張的關係，她回答得相當簡短。

「關谷純是我的舅舅。」

糸魚川老師驚呼一聲。

「原來如此。關谷純……，好懷念的名字。他現在好嗎？」

「我不知道，他在印度失蹤了。」

糸魚川老師又輕呼了一聲，但她看上去內心依舊平靜。或許人活到五十歲，聽到什麼都能夠不動如山吧？

「這樣啊……。我本來以爲有機會再見到他呢。」

「我也很想再見他，就算只見一面也好。」

關谷純這號人物的魅力，大到讓人會想再見見他嗎？是的話我也想認識一下。

千反田百感交集地緩緩說道：

「糸魚川老師，請告訴我，三十三年前到底發生了什麼事？舅舅那件事爲什麼不是英雄事蹟？爲什麼古籍研究社的社刊被命名爲《冰菓》？……折木同學的推論有多少是正確的？」

「推論？」糸魚川老師問我：「怎麼回事呢？」

里志插嘴道：

「老師，折木透過片段的資料蒐集零碎線索，推測出三十三年前發生的事。請老師先聽他說說看吧。」

看來我又得重複一次昨天那番話了。不，我本來就有這打算，但在當事人面前說出自己的推論，眞的是需要一點勇氣，雖然我並非對自己的想法缺乏信心，再說要是推測錯誤也不會怎樣。我舔舔嘴脣，如同前一天以五W一H的方式敘述。

「首先是事件的主角……」

「……所以他退學的時間延到十月。就這些了。」

因爲曾經說過一次，這回我敘述得條理分明，連自己都大感訝異，而且由於我沒引用資料，一下子就講完了。

我敘述的時候，糸魚川老師始終沉默不語，一聽我講完，立刻問伊原：

「伊原同學，你們找到的資料也帶來了嗎？」

「沒有耶。」

「我帶來了。」

里志從東口袋裡拿出摺好的整份影印紙交給糸魚川老師。老師大致瀏覽過一遍，抬起頭來。

「你們光靠這些就推論出這些事？」

千反田點頭回道：

「是的，是折木同學的功勞。」

這句話講得不太對。

「我只是彙整大家的推論罷了。」

「還是很厲害呀。」糸魚川老師吁了口氣，將影印紙往桌上隨手一擺，蹺起了腿，「完全出乎我的意料。」

「猜錯了嗎？」

老師聽到伊原這句話，搖頭說：

「簡直像親眼目睹一樣，折木同學全都說中了，好像把過去的我們都看穿一樣，眞可怕。」

我也呼了一口氣。

我的確感到一陣安心，到目前爲止都在我的預料中。

「那你們還有其他事情要問我嗎？如果來找我是想確認你們的推測正確度，已經能拿到及格分數了。」

「這就要問奉太郎了，他說還有不完整的地方。」

是啊，不完整。

我問了最想釐清的問題——「關谷純是否爲玫瑰色的高中生活殉道」，具體來說就是：

「我想問老師，關谷純是自願成爲全體學生的擋箭牌嗎？」

我看得出來，糸魚川老師始終沉穩的表情彷彿瞬間凍結。

「……」老師只是靜靜地凝視著我。

我靜待著回答。千反田、伊原、里志大概不明白這個問題是什麼意思，不過他們也同樣等待著。

沉默沒延續多久，糸魚川老師像在喃喃自語似地，有些怨懟地說：

「你眞的什麼都看穿了呀。……要回答這個問題，還是得從頭說起那年發生的事了。雖然事情過了很久，但我至今仍記得一清二楚。」

接著，舊姓郡山的糸魚川養子老師說起三十三年前的「六月鬥爭」。

「現在我們學校的文化祭辦得比其他學校還盛大，但與昔日相較，仍算是收斂了許多。當年神高的文化祭好似大家的生活目標，破除舊習、迎接新時代的思潮席捲全日本，在神高的展現形式即是文化祭。

「在我入學前不久，文化祭有如暴動般，大家都興奮過度，簡直踩不住煞車，雖說那與後來的校園暴力相比還算守規矩，不過看在當時老師的眼裡，想必相當難以忍受吧。」

糸魚川老師所緬懷的時光在我看來就像日本現代史的內容般遙不可及，和我同時代出生的人們也一定很難想像新思潮席捲全日本的時代。

「那年四月，當時的校長在教職員會議上製造了一個引爆點，對了，這裡也寫到了：『本校不該只甘於定位爲一所小地方的私塾』。以現代的眼光來看，英田校長似乎很有遠見，但其實他這個發言的眞正目的只爲了搞垮文化祭。

「文化祭日期公開後，馬上引發學生們的大騷動，因爲比之前的慣例少了三天，僅剩兩天，而且由平日改到週末。說實在的，若是刪掉不重要的活動，兩天的時間其實很夠用，說穿了學生就是不滿受到干涉。

「消息公開後，所有人都感覺得出校內氣氛緊繃，瀰漫著山雨欲來的氣氛。

「首先，校內到處被貼上不雅字句，後來還有演講。雖說是演講，其實只是站在臺上暢所欲言，所有人都很激動，不管聽到什麼都捧場叫好。這個運動愈演愈烈，到後來所有學藝類社團甚至發表了聯合聲明。

「校方早料到會引來反彈，仍堅持縮短文化祭，可見校方早已下定了決心。學生要是想組織團體進行反抗運動，就得有受罰的覺悟。大家嘴上講得豪情萬丈，卻都沒什麼擔當，沒有一個人願意擔任社團聯盟的領袖。」

糸魚川老師講到這，挺起腰桿換了個姿勢，椅子發出嘎吱聲。

「當時被拱上去當箭靶的，就是妳的舅舅——關谷純，實際上的主導者另有其人，但那個人當然是絕對不會公然現身的。

「學運愈來愈激烈，校方的計畫最後宣告失敗。這裡也寫到，文化祭如常舉辦了。」

老師以不帶感情的平淡語氣敘述，我不由得深切感受到這一路過來三十三年歲月的力量。學運的激情，還有推別人當代表的卑劣行爲，難道眞的都已成了古籍的一頁？

糸魚川老師繼續說：

「但是，我們做得太過火了。學生不但集體罷課、聚集到操場上呼口號，活動進行到高潮時，眾人甚至激動得升起篝火。那一晚，終於出事了。

「武術道場發生了火災，不知道是因爲篝火的火花引燃還是有人蓄意縱火。火很快就被撲滅了，但老舊的武術道場也被消防車的強力水柱沖得半毀。」

千反田和伊原的表情都僵住了，我大概也一樣。光聽轉述都不難想像當時的事態有多嚴重，即使不是直接破壞學校設施，也絕無可能不了了之。

「唯有那件事找不到正當理由粉飾，因爲那是絕對不容忽視的犯罪行爲。所幸校方不想把事情搞大，沒有讓警方介入，但文化祭結束，校方決定秋後算帳時，誰也沒立場反對。……其實說到底，當時大家根本也沒思考過文化祭結束後該如何善後吧。

「火災的起因終究是沒有查明，而學運名義上的領袖關谷學長成了殺一儆百的懲處對象。

「在那個年代，做出退學處分比現在容易多了，關谷學長直到最後都很沉著。至於你問我，他是不是自願成爲擋箭牌……」

糸魚川老師彷彿在對我微笑。

「你應該知道答案了吧？」

漫長的一席話結束後，糸魚川老師起身，拿咖啡杯盛保溫瓶的白開水一飲而盡。

所有人一逕沉默著，或許是根本說不出話。千反田的嘴脣隱約動著，可能是在說「好過分」、「好悽慘」之類的三個字，我不敢肯定。

「好啦，故事說完了。還有其他想問的嗎？」

糸魚川老師又坐回旋轉椅，以不變的語調問道。在她看來，這些事確實都過去了。

最先開口的是伊原。

「所以那張封面便是描述了當時的事，是嗎……？」

糸魚川老師默默地點了頭。

我想起《冰菓》的封面——狗和兔子互相攻擊，還有眾多兔子在遠處圍觀。狗代表校方，兔子代表學生，和狗纏鬥的兔子即爲關谷純。

方才聽老師說話時，我想到一件事，於是發問了：

「神高的所有校舍建築物當中，唯獨武術道場特別老舊，是因爲武術道場當時重建過嗎？」

四月時，千反田曾注意到破舊的武術道場，那時我絲毫沒放在心上。

「是啊，公立學校的校舍建築物要是沒有超過耐用年限，是不會重建的，所以十年前全校校舍一起重建的時候，只有武術道場還沒超過耐用年限。」

接著里志沒頭沒腦地說了一句：

「老師，您好像不用『KANYA祭』這個詞呢。」

我以爲這句話完全離題，沒想到糸魚川老師卻笑了。

「想問爲什麼嗎？你一定知道答案吧？」

「是的。」

KANYA祭？

對了，姊姊在電話裡說過「KANYA祭」這個稱呼是禁語。我剛剛沒反應過來，現在總算發現這爲什麼是禁語了。

「關谷純並非自願成爲英雄，所以老師您才不說『KANYA祭』。是吧？」

「阿福，什麼意思啊？」

里志一如往常地面帶笑容，但那是很不像他、不含一絲喜悅的微笑。

「『KANYA祭』的『KANYA』不是寫做『神山』，要寫成關卡的『關』，山谷的『谷』（註），我前陣子終於查到了。『關谷祭』這俗名想必是取來讚揚英雄的，但若知道事件眞相，就不會這樣稱呼神高的文化祭了。」

註：日語漢字分爲音讀與訓讀，「關」字音讀爲「KAN」，「谷」字音讀爲「YA」。

這時，千反田也問道：

「老師，您知道我舅舅爲什麼要幫社刊取名爲『冰菓』嗎？」

糸魚川老師聽到這個問題卻搖了搖頭。

「關谷學長在隱約察覺自己會遭到退學時，很難得地堅持要取這個刊名，他說自己能留給學弟妹的，只有這件事了。可是很抱歉，老師並不清楚他的用意。」

……不知道？

眞的不知道嗎？糸魚川老師、千反田、伊原、里志都不知道？

我想氣都氣不起來，因爲我已經累壞了，但仍莫名地感到焦躁。關谷純留下的訊息難道沒有一個人接收到嗎？應當接收到這個簡單訊息的我們竟然沒接收到，這正是令我氣憤之處。

我沒對特定的人說話，只是不由自主地脫口說出：

「怎麼會不知道？剛才那段故事都聽到哪裡去了？意義很明顯吧？那只是很簡單的雙關語啊。」

「奉太郎？你怎麼了？」

「關谷純想把自己的想法傳承給我們這些古籍研究社後裔，所以才給社刊取了這種名字。千反田，妳英文很好吧？」

千反田突然被我點名，顯得有些慌張。

「呃，英文嗎？」

「是啊。這是暗號，不對，該說是文字遊戲吧……」

糸魚川老師沒有特別的反應，我猜她可能早已察覺這是什麼意思，她發現也是應該的，但她爲什麼不告訴我們？我不確定原因爲何，只是多少察覺到以糸魚川老師的立場，或許不方便公然說出來，又或者，這也是古籍研究社的傳統之一？

「折木同學！你知道答案嗎？」

「太恐怖了，折木你眞的知道啊？」

「奉太郎，你快說啊。」

我是第幾次被這群人逼問了？每次我都嘆著氣勉爲其難地回答，但從來不像此刻這麼慶幸自己是第一個想到的，因爲我不需要任何人講解，就能理解關谷純的遺憾以及瀟脫的心情。

我開口了：

「冰菓是指什麼呢？」

千反田回答：

「古籍研究社社刊的名字。」

「從一般名詞的角度去想啦。」

里志說：

「是ice吧，ice candy。」

「你就不會想到ice cream嗎？」

伊原問：

「ice cream？這是關谷純留下的訊息？」

「斷開來念啦。」

天吶！為什麼我老是得幹這種事？都這麼久了，你們的答題技巧總該進步一點了吧？

「唸成ice cream又沒有意義，我都說是文字遊戲了啊。」

一片沉寂之後，終於，里志的表情變了。說他臉色發青稍嫌誇張，但他確實有些面無血色。接著伊原也厭惡什麼似地喃喃說出：「啊，我懂了。」

只剩千反田了，她或許眞的想不出來。她對任何科目都很拿手，英文當然在行，但我也很清楚她向來不擅長活用。我急得沒心情再玩下去了。

我拿起《冰菓　第二期》序文的影本，翻到背面以原子筆寫下一行字。

「這就是妳舅舅留下的訊息。」

我把紙張交給百思不得其解的千反田。

千反田接過去一看，眼睛瞬間瞪得渾圓。她輕輕「啊」了一聲，接著沉默地凝視那行字良久。

眾人的視線都集中在千反田身上。

千反田眼眶泛淚。我知道，這表示千反田歷時幾個月的委託案終於告一段落了。

「……我想起來了。」她低聲說道：「我全都想起來了，我問舅舅『冰菓』代表什麼意思，舅舅回答我……。對，他告訴我要堅強。他說，要是我變得軟弱，有朝一日會連慘叫都叫不出來，到時我會活得像……」

千反田望向我。

「折木同學，我想起來了，我是因害怕活得像行屍走肉才哭的。……太好了，我能夠安心地去送舅舅了……」

千反田微笑了。她彷彿現在才發現自己的眼眶溼潤，於是以手背拭淚，這時，她抓在手上的影印紙背面剛好朝向我，上面留著我拙劣的字跡——

I scream.

八

邁向未來的古籍研究社之日常

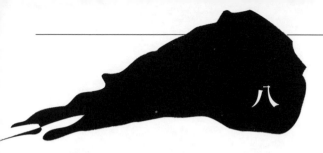

文化祭迫在眉睫。我在地科教室，仰望窗外秋高氣爽的晴空，這個暑假中發生的一切彷彿許久以前的事。自從明白了關谷純的遺憾，並得知「冰菓」的眞正含意後，我們著手製作社刊。

而且事情還沒結束。

我正在給幾個月不見的姊姊寫信，一旁仍上演著地獄般的景象。

「阿福，還沒好嗎？和印刷廠約好的時間都過了耶！」伊原近乎哀號地喊道。

里志被分配到的頁數尚未完工，總是從容不迫的他如今一副很想逃跑的狼狽模樣。

「再一下，只要再一下下就好了，眞的。」

「你上星期也講過這句話！」

編輯社刊的總負責人當然由社長千反田擔任，落版和聯絡印刷廠這些實務工作則交給有經驗的伊原負責。多虧了伊原鐵面無私的時間表，《冰菓》的製作可說進展得踏實又順利。我還沒看過伊原的稿子，聽說裡頭描述了她對某部漫畫古典名作的感想，內容好像和「寺」、「廟」、「numbers」有關，大概是在講求籤的故事吧。（註一）

但相對地，里志在伊原的鞭策之下竟然還沒完成負責的篇幅，據他說，內容爲關於芝諾悖論（註二）的笑話，這主題還眞隨興，卻很符合我們從《冰菓》舊刊所感受到的包羅萬象風格，「古典悖論」這主題也算是和古籍扯得上邊，所以勉強稱得上正經。而伊原也顧慮到里志必須兼顧手工藝社和總務委員的職責，並沒分配太多頁數給他，但里志仍是焦頭爛額，看來他對寫作的確很不拿手，眞沒想到他有這個弱點。

里志僵著笑容埋首於稿紙中，伊原在他背後走來走去，一次又一次地看手表，不一會兒，像是突然想起了什麼，她問我：

「對了，小千呢？我要和她談費用的事。」

里志本來想插話，被伊原瞪了一眼，又慌張地縮回去寫稿。我無奈地停下寫信，回答她說：

「千反田去上墳了。」

「上墳？」

「上關谷純的墳。她說想盡早把那份原稿供在舅舅靈前。」

註一：此指竹宮惠子的科幻漫畫《奔向地球》（地球へ）。「寺」的日語讀音爲tera，在此作中爲地球的別名「Terra」；「廟」的日語讀音爲myu，在此作中指的是擁有超能力的新人類「繆」；numbers則代表主宰人類的超級電腦「Terraz Numbers」。

註二：即「Zeno's Paradoxes」，關於運動不可分性的一系列哲學詭辯，由古希臘數學家芝諾（Zeno of Elea）提出。

「那份原稿」指的是我們這次追查三十三年前事件的整個過程描述，這是我在千反田的協助之下完成的。我沒興趣加上不必要的潤飾，所以稿子成了枯燥至極、走散文路線的文章。

「這樣啊……」伊原有些愕然地喃喃說道：「小千說了什麼嗎？」

「什麼都沒說。」

此話不假。千反田在關谷純的葬禮那天，還有我把稿子交給她的時候，甚至在拿稿子去上墳的今天，都不見她有太明顯的感動情緒。雖然有可能是她刻意隱藏，但我不這麼想。在我們解讀出「冰菓」含意的那天，她的委託案就已經解決，接下來她要怎麼解釋、要怎麼去接受，就不干我的事了。

「是喔……。阿福！手停下來了！你只剩五分鐘，快給我寫出來！」

「五分鐘！摩耶花，妳會不會太殘忍啦？」

我不理會再度上演的鬧劇，兀自陷入沉思。這次的事嚴格來說，並不是千反田一個人獨自懷抱的事件，伊原和里志一定也受到一些衝擊，得到一些答案。

那我自己又如何呢？

……我將信件草草收尾，抓起我的斜背包。秋天的涼爽讓人昏昏欲睡。雖然有點愧對正在水深火熱的里志和伊原，我還是決定回家去。

正這麼打算時……

教室門猛地打開，一道人影衝進地科教室，那是跑得氣喘吁吁、連頭都抬不起來的敝社社長千反田。她這麼突然地闖進來，害得我、里志和伊原都驚訝得說不出話。千反田肩膀上下起伏，喘了好一陣子才抬起頭來。

「咦，千反田同學，聽說妳去掃墓啦？」

她聽到里志的詢問便點頭答道：

「是啊。但有件事我很好奇，所以跑回來了。」

她說了「好奇」兩個字？

我突然有股不祥的預感。不對，這不算預感，過去累積的經驗讓我猜到接下來的發展。千反田烏黑的長髮被汗水濡溼得閃閃發亮，發燙的臉頰呈現櫻花色，那雙大眼睛也生氣盎然地射出精光，這是她好奇心爆發的前兆。

「小千，妳對什麼事很好奇？」

別問！千萬別問啊！我悄悄地繞過千反田身後，打算溜出地科教室。

但還是被逮到了，我早知逃不過這位大小姐的眼睛。千反田扯住我的手臂，當下就要把我拖走。

「折木同學，我們走吧！去弓道場。現在還來得及。」

「幹嘛啦，妳想做什麼？」

我明知徒勞無功，仍死命抵抗。千反田好像把這種反應解釋爲我想聽她講清楚來龍去脈，於是她搖頭說：

「與其讓我來講，不如你自已去看吧。」

沒救了。千反田一旦進入這種狀態，我還是乖乖聽話比較有可能節能。我回頭一看，里志正露出笑臉，伊原則是聳了聳肩。我死心了，說道：

「好啦，我去啦。反正又是那個吧？」

千反田停下腳步，回過頭來，大眼睛直勾勾地望著我，嘴角微微揚起。

「嗯，沒錯。……我很好奇。」

九

寄往塞拉耶佛的信

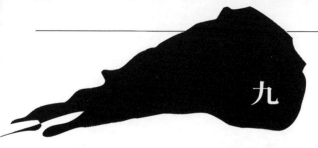

折木供惠小姐：

寒暄省略。

我有事想問姊姊，所以寫了信，希望妳還住在上次那間旅館。

姊姊，妳對古籍研究社的事知道多少？

當初是懷著什麼樣的打算叫我加入古籍研究社的？

姊姊應該知道我的作風，但我自從進入高中，就被里志和妳不認識的一群人圍繞著，看到他們和我完全相反的行事風格，我不知怎的總覺得心慌，坐也不是，站也不是。現在想想，當初要是沒加入古籍研究社，就不會有這種體驗了。如果我一直沒加入任何社團，或許永遠都不會對自己的信條產生質疑吧。

姊姊，妳是不是早就看出我會受到這種衝擊？

然後是《冰菓》的事。

我依照妳從貝拿勒斯寄來的信上的建議，加入了古籍研究社，也依照妳從伊斯坦堡寄來的信中透露的線索，打開了生物教室的藥品櫃，但事情並沒有就此畫下句點，我由於打開了藥品櫃，後來不得不追查起三十三年前關谷純的事件。

簡言之，關谷純的事件是三十三年前精力旺盛的學生們過度積極的作風所導致，而這種作風既然得出了《冰菓》這個刊名，我想，是否高中生活就該是玫瑰色的，恐怕也不盡然。而且事實上，我自從知道了那樁事件之後，那股莫名的心慌就消失了。雖然我不認爲自己的行事作風有多好，但現在我會覺得，相較之下應該還不差吧。

姊姊，妳是不是早料到我……

怎麼可能嘛。

眞是個爛笑話。又不是心智控制術，不可能有那種事的。

別理我，前面寫的都當作近況報告吧，我也懶得重寫了。

祝旅途愉快。

謝謝妳的建議。

折木奉太郎　草

——全文完——

後記

初次見面，我是米澤穗信。

這本小說的內容有六成純屬虛構，其餘則是以眞實事件爲藍本，潛伏在故事背後的是一些連報紙社會版都不會刊登的小事件。

順便透露一下分辨虛構和眞實事件的小祕訣——您只要把您覺得合情合理的情節都視爲虛構，覺得像是刻意安排的部分當成眞實事件，就八九不離十了。但若有人覺這本小說中奠基於眞實事件的部分也很合情合理，又該怎麼解讀呢？我還沒想出好的解決方案。

此外，我之所以決定把眞實事件寫成小說，是從通縮螺旋（註）的示意圖得到

註：即「Deflationary Spiral」，通貨緊縮的惡性循環：物價下跌→企業營業額減少→企業受益減少→企業對應設備投資人員僱用減少→失業增加→個人消費減少→物價再下跌……

了重要構思；另一方面，我也從ＮＨＫ教育臺的節目《女巫莎柏琳娜》（註）當中受益不少，特此記上一筆。

本書得見天日，多虧了許多人的協助，尤其是：

在結尾時給了我重要提醒的山口和中井，對我說喜歡這本小說而且覺得很有趣的齋藤，經常等我的多田，不厭其煩陪我討論那些自以爲是的主張的秋山。

再次向各位致謝，非常謝謝你們。青鮒最肥美的季節快到了，如果你們來訪，我必定全力款待。

還有。

感謝給這本小說一個機會的各位評審委員、責編Ｓ、（初版刊登時）接下插畫繪製的上杉老師，以及所有相關人士。

《冰菓》能夠出版持實體書，全仰賴了你們的關照，在此深深地致謝。

話說前陣子我和朋友去吃壽司，享受到與價錢同樣高檔的美味。用完餐後走出店門，直到坐上車都一切如常，可是不知怎的，負責駕駛的友人卻遲遲不開車。

由於當時正值用餐時間，不斷有車開進停車場，我們這樣顯然造成了別人的不便，但無論我怎麼催促，友人只是沉默地露出微笑，依舊沒打算踩油門。

我這位朋友並不愛惡作劇，平日還是個個性非常踏實愼重的人，卻唯獨這天，眞不知道他是怎麼了。

這件事的眞相，就留待日後再述。希望眞的還有日後。

那麼，今後也請大家多多指教了。

米澤穗信

註：原作爲美國漫畫《Sabrina, the Teenage Witch》，一九九六年改編拍攝爲電視影集，青春喜劇風格，在日本NHK教育臺也播完了全七季的內容。

解說

青春的米澤，米澤的青春

※本文涉及故事重要情節，未讀正文者勿看。

布魯胖達

談到米澤穗信，心中浮起的第一印象是：以「日常之謎」爲創作題材的「青春推理」旗手。這樣的印象，相信隨著這幾年米澤作品的引入，臺灣讀者應該不陌生。就目前已引入的作品來看，《再見，妖精》是米澤「日常之謎」加「青春推理」文風的代表作，「小市民系列」比較接近輕小說路線（在臺灣已出版的有《春季限定草莓塔事件》、《夏季限定熱帶水果聖代事件》），但也是這個創作走向。《尋狗事務所》則是米澤穗信一個跳脫日常之謎框架的嘗試，書中主人翁也由學生轉爲曾是上班族的事務所老闆，但通篇作品仍洋溢著青春氣息。《算計》裡，在封閉空間進行殺人遊戲這種違反善良風俗的設定雖然已與過往作品的日常之謎風格大相逕庭，身為大學生的主角在如此背景中的反應，仍保留了為堅持信念起身反抗的青春餘味。

簡單地說，讀者們對於米澤穗信的認識不論是代表作抑或是這幾年文風丕變的作品，都是以「日常之謎」加「青春推理」為基礎開始往上堆疊、延伸或變異，但這樣的基礎是怎麼開始的呢？這就得回到米澤的出道作《冰菓》了。

十年前，一切從此開始

米澤穗信，一九七八年出生，就讀金澤大學文學系期間便在個人網站上發表作品，受日常之謎推手北村薰《六之宮公主》的影響，開始嘗試以推理小說為創作方向。大學畢業那年（二〇〇一年），一邊在書店工作的米澤，投稿參加了角川書店舉辦的「第五屆角川校園小說大獎」，並榮獲「青春推理&恐怖部門」獎勵獎，而當時的投稿作品，便是呈現在各位讀者手上的《冰菓》。

《冰菓》出版時被規畫在角川專門出版輕小說的「角川Sneaker文庫」推出，確實，《冰菓》有個輕小說般的開場：「奉太郎，去保護姊姊青春的舞臺吧！去加入古籍研究社。即使只是掛名也沒關係。」作品中的角色也被塑造成有如動漫風格的鮮明形象，例如奉行節能主義、「沒必要的事不做，必要的事盡快做」的折木奉太郎；好奇心化身的資優生千反田愛瑠；無用知識相當淵博、卻總是做不出結論的福部里志；有完美主義傾向外加毒舌的伊原摩耶花。這四位古籍研究社成員的組合與分工有如校園偵探團一般，以歷史悠久的神山高中爲舞臺，攜手解開出現在日常生活中的種種謎團。

雖然因角川的行銷策略錯誤，《冰菓》推出時的銷售量並不理想，但這樣的作品設定在日本受到廣大年輕讀者支持卻是肯定的！至今年（二〇一一年）爲止，《冰菓》已發展成俗稱「古籍研究社系列」的五部系列作，而這個系列還在持續當中，成爲米澤穗信筆下最長命也最具代表性的系列。

做爲古籍研究社系列的第一作，《冰菓》的第一篇：〈深具傳統的古籍研究社之重生〉是相當值得紀念的一個章節。短短的篇幅當中，米澤穗信除了輕快地交代故事背景、提供人物形象並爲最終的謎團埋下伏筆之外，更重要的是透過故事中的第一個謎團：千反田爲何被反鎖在教室裡？我們得以一窺米澤「日常之謎」加「青春推理」風格的根源。

「理應是開放空間的教室忽然成了密室，而且一位初次到來的學生竟莫名地被反鎖在裡頭？」對推理小說的讀者來說，這是多麼熟悉且充滿想像空間的設定！但米澤穗信並未賦予這樣的設定一個機關算盡的華麗詭計，而是給了「工友日常作業所造成的巧合」這般不帶任何犯罪味道的解答。這正是米澤出道的第一個謎團，他亦未以此爲基礎做出錯綜複雜的情節發展或神探降臨似的天才推論，轉而以輕鬆、快速、甚至有點兒跳躍的節奏與筆觸，乾淨俐落地處理整個問題。這樣的寫作方向不僅替《冰菓》的風格走向立下基調，也成了米澤穗信日後「日常之謎」加「青春推理」文風的起始點。

與其說米澤穗信筆下的「青春推理」是以青少年爲主角，以校園爲舞臺背景，描述角色的特殊際遇並解開謎團的過程，毋寧說米澤是透過這樣的過程，描寫青春的特質，試圖推理「青春」。「青春」正是隱藏在《冰菓》眾多謎團背後最大的謎團。

十年後，我一定不會後悔有過這樣一段日子

「說到高中生活就會想到玫瑰色」——以此發言登場的折木奉太郎，卻被好友里志歸類爲模糊的灰色。在周遭人們的推動下，折木一邊耗費能量解謎的同時，一邊思索究竟何謂青春的色彩？

青春期是個由孩童過渡到成人，由依賴邁向獨立的過程，人在這個階段初次感受到自己擁有能量，能對所處的世界產生影響。這種懷抱著無限希望、對於事物傾向觀看好的一面的濃郁浪漫世界觀，正是折木認爲高中生應有的玫瑰色彩。

於此同時，有了能量就代表自己得開始選擇使用能量的方式。面對不明的未來，與其盲目瞎闖虛耗能量，不如保持在一個安全的中立位置。這正是折木所謂的「節能」，一種看似不上不下，不積極也不消極，如種子般毫不起眼卻又蘊含生機，只待適當的土壤加以灌溉便得以茁壯的灰色狀態。

而古籍研究社正是灌溉折木的土壤。在與社團成員互動的過程中，折木有機會一睹同儕們使用能量的方式：千反田基於對整個系統的好奇而大量地消耗能量；里志只將能量運用在自己覺得重要的地方；還有伊原對於細節的關注近乎潔癖的嚴謹態度。折木在追尋三十三年前眞相的過程中，也見證了曾經青春的學長姊們的轉變：關谷純徹底燃燒青春的結果，玫瑰色光環濃烈到誕生「KANYA祭」一詞的英雄事蹟，事件的背後卻是一場卑劣的慘劇？當年曾經目睹激烈學生運動的郡山養子，經過時間的沖洗，一切都僅成了過去？

折木在還原關谷純青春的過程中，不斷地反思自己的青春，而這種角色隨著事件發展而產生的心境動盪，正是米澤穗信書寫青春的迷人之處。

青春究竟是什麼顏色？這個問題隨著社刊《冰菓》命名原因的揭曉，米澤似乎透露了一些想法——青春的色彩有如ice cream，可以有彩虹光譜般各式各樣的口味，但不管是哪種味道，不變的是其濃郁的口感與風味。ice cream的另一個特色是品嚐期限短暫，且必須悉心照護避免受到污染；正如青春雖擁有眾多的可能性，但其脆弱且有限的力量容易受到外界的挑戰。

當秉持的信念受到挑戰時該怎麼辦呢？那就堅強地吶喊吧！scream是種燃燒生命的吶喊、聲嘶力竭的呼喚，I scream則是一種確認自己存在的強烈表現，展演青春的終極姿態。歷經青春絢爛與苦澀的關谷純透過《冰菓》企圖傳達給我們的是：ice cream的濃郁短暫加上I scream的堅強吶喊才是眞正的青春本色啊！

正如古籍研究社成員們在歷經發掘出關谷純的英雄事蹟與《冰菓》欲傳達給後人的訊息這種劇烈的心境動盪後，仍能藉一句「我很好奇」重返青春的軌道，祝福讀者諸君透過閱讀《冰菓》而跟著感受、緬懷自己的青春之餘，也能沾染一些青春的色彩：

十年後，我一定不會後悔有過這樣一段日子！

本文作者介紹

布魯胖達，第一屆推理評論金鑰獎得主。閱讀雜食性動物，近期重心轉向通俗文學。喜歡探索推理小說中的人性，總是好奇推理小說形式下的無限可能。

國家圖書館出版品預行編目資料

冰菓／米澤穗信著：HANA譯. -- 初版.--.臺北市：獨步文化, 城邦文化出版：家庭傳媒城邦分公司發行， 民100.8
面　；　公分. --（日本推理名家傑作選；33）

譯自：冰菓

ISBN 978-986-6043-01-7（平裝）

861.57　　100013968

ISBN 978-986-6043-01-7
Printed in Taiwan

日本推理名家傑作選 33

冰菓

原著書名／氷菓
原出版社／角川書店
作者／米澤穗信
翻譯／HANA
責任編輯／詹靜欣
版權部／吳玲緯
行銷業務部／陳玫潾、陳亭妤
編輯總監／劉麗真
事業群總經理／謝至平
榮譽社長／詹宏志
發行人／何飛鵬
出版／獨步文化
　　城邦文化事業股份有限公司
　　115 台北市南港區昆陽街16號4樓
　　電話：(02) 2500-7696
　　傳真：(02) 2500-1951
發行／英屬蓋曼群島商家庭傳媒股份有限公司
　　城邦分公司
　　115 台北市南港區昆陽街16號8樓
讀者服務專線／(02)2500-7718; 2500-7719
24 小時傳真服務／(02)2500-1990; 2500-1991
服務時間／週一至週五：09:30～12:00
　　13:30～17:00
讀者服務信箱／service@readingclub.com.tw
劃撥帳號／19863813　戶名／書虫股份有限公司
香港發行所／城邦（香港）出版集團有限公司
香港九龍土瓜灣土瓜灣道86號順聯工業大廈6樓A室
電話／(852) 2508-6231　傳真／(852) 2578-9337
E-mail／hkcite@biznetvigator.com
馬新發行所／城邦（馬新）出版集團
【Cite (M) Sdn Bhd】
41,Jalan Radin Anum,Bandar Baru Sri Petaling,
57000 Kuala Lumpur,Malaysia.
電話：(603) 90563833　傳真：(603) 90576622
E-mail：services@cite.my

美術設計／戴翊庭
印刷／中原造像股份有限公司
排版／浩瀚電腦排版股份有限公司
□2011 年 8 月初版
□2024 年 5 月 16 日初版 33 刷
定價／250 元　HK$ 83

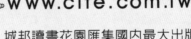

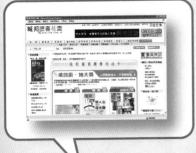